MR. BLUES & LADY JAZZ

MR. BLUES
&
LADY JAZZ

Nick Farewell

DEVIR LIVRARIA

Equipe de Realização

Editor	Douglas Quinta Reis
Preparação	Almiro Dottori Filho
Revisão	Devir Livraria
Diagramação	Tino Chagas/Mário César/Vitor Yamana
Capa	Felipe Pavani

DEV333068
isbn: 978-85-7532- 477-6
1ª edição: julho de 2011

Os personagens e as situações desta obra são reais apenas no universo da ficção; não se referem a pessoas e fatos concretos, e sobre eles não emitem opinião.

Dados Internacional de Catalogação na Publicação (CIP)
(Câmara Brasileira do Livro, SP, Brasil)

Farewell, Nick
Mr. Blues & Lady Jazz / Nick Farewell. --
São Paulo : Devir, 2011

ISBN 978-85-7532-477-6

1. Romance brasileiro I. Título.

11- 06198 CDD-869.93

Índices para catálogo sistemático
1. Romances : Literatura brasileira 869.93

DEVIR LIVRARIA

Brasil
Rua Teodureto Souto, 624
Cambuci - São Paulo - SP - Brasil
Caixa Postal 15239 - CEP 01599-970
Fone: (011) 2127-8787 - Fax (011)2127-8758
E-mail: hqdevir@devir.com.br

Portugal
Polo Industrial - Brejos de Carreteiros
Armazém 4, Escritório 2 - Olho de Águia
2950-554 - Quinta do Anjo - Palmela
Fone: 212 139-440 - Fax: 212 139-449
E-mail: devir@devir.pt

www.devir.com.br

Agradecimentos especiais

Mauro, por apontar o caminho. Douglas, por acreditar em mim. Miro, por melhorar o meu livro pela segunda vez. Matheus e Karina, pela história de amor que me contaram. Kyung e Zé pelo apoio de sempre. Anita, pelo bilhete. Ingrid, pela sensibilidade feminina dos diários da Ginger. Chantal pelos *insights*. May, pela *Wish You Were Here*. Eugênio, por me provar que existe vida dentro do escritório, e todos os leitores que me incentivaram com carinho e entusiasmo.

Nota do autor

Este livro poderia se chamar *O Livro das Perguntas*. O meu mestre me disse que o importante eram as perguntas certas e não as respostas. Tentei fazer as perguntas certas. Espero ter conseguido. Boa leitura.

Ao nosso esquecimento.

A

Quantas vezes você vai se lembrar de um dia de sol depois da estiagem? Quantas vezes você vai se lembrar da chuva batendo na sua janela? Quantas vezes você vai se lembrar da lua cheia? Uma, duas, dez, vinte vezes no máximo? Mesmo assim, sempre vai parecer infinito. É o que eu penso, deitado com a Ginger no topo do meu prédio, olhando para as estrelas.

— Tem um poema – digo.

— Qual?

— De um poeta irlandês não muito conhecido. Kavanagh.

— O que tem?

— Tem um dos versos mais bonitos que conheço. "Eu saio da cabana, olho para o céu e me pergunto. Afinal, o que são as estrelas? Afinal, o que são as estrelas?"

— Maravilhoso...

— Acho que no fundo nunca estaremos aptos a captar as essências.

— Sim. Mas existem momentos. Sempre lembraremos desta noite, das estrelas e do poema.

Na ínfima porção do tempo em que vivemos, o que levaremos na memória? Aliás, o que levaremos das nossas vidas? O que será tão importante e essencial que não poderíamos deixar para trás de jeito nenhum? Da minha infinita solidão dos dias vazios, de companhias rarefeitas e intermináveis dúvidas existenciais, o que eu levaria como o último desejo na Terra? No eterno engano da morte, a anestesia das pequenas convicções, o caminho torto e relativo das verdades e mentiras, será que eu ainda serei capaz de enxergar a justificativa universal?

— Afinal...

Viro o rosto para olhar para a Ginger, que repete a frase lentamente.

— Afinal o que são as estrelas...

— Amor – Ginger me diz olhando para os meus originais – na verdade este é o seu único tema.

— Pensei que fosse solidão.

— Não, não é – ela diz em tom professoral e com tanta certeza, que fico pensando que ela está realmente certa.

— É o que você busca do início ao fim.

— Besteira – me irrito um pouco pensando como ela pode saber mais de mim do que eu mesmo.

— Esse é o seu problema. Você acredita que a solidão é o seu começo, meio e fim. Mas não é.

— Então o que é?

— Vejamos – o tom analista e sem arrogância, como se soubesse das coisas naturalmente me irrita profundamente. – A sua solidão é um subproduto da falta de amor. É como se remediasse a consequência e não a causa. Você não está atrás da compreensão da solidão e sim do encontro do amor.

Eu fico completamente estarrecido diante das palavras dela.

— Besteira... O que você entende disso? Já sei. Seu pai se casou porque sua mãe ficou grávida de você e depois foi embora. Você se sente culpada pelo que aconteceu – exagero no tom de deboche para irritá-la.

— Continuando a análise... – ela não demonstra nenhum pingo de irritação, e isso quase me leva à loucura – o seu pai.

— Eu já disse para não falar do meu pai! – explodo – O que você quer saber? Desde que a porra do meu pai se foi que me transformei nesta merda? Que eu potencializei a falta de amor em solidão absoluta? É quase óbvio, não?

— Mais ou menos. Ainda existe a possibilidade do atavismo. Mas continuemos. Agora vai doer, hein? – Ela fala sem se alterar. E avisa como se soubesse exatamente que reação vai me causar.

— A sua mãe.

— O que tem? – ainda estou irritado, mas um pouco arrependido por ter gritado.

— Você realmente acha que ela te amava? Você acredita que ela te amou, não é? Mas, às vezes, tem um desconforto sobre este sentimento, não é? Quer saber? Na verdade, ela não te amou como deveria. E o pior, você sabe que ela não te amou como deveria. Quer dizer, o amor dela não foi suficiente para "curar" a sua solidão.

— Aí você errou. A minha mãe me amava de verdade – digo decidido.

— Bingo! Aqui está. Esse é o seu subterfúgio máximo. Você acredita que ela te amava. Mas esse é também o paradoxo e a sua justificativa maior para separar a solidão do amor.

— Ela me amava! – grito de novo.

— Sim, ela amava. Mas não era um amor suficiente. Embora ela te amasse, você sempre a colocava numa posição inferior. Seja sincero. Você não a achava ignorante? Ou seja, você não tinha compreensão. No fundo, não era um amor genuíno. Era um amor cego. Sem sentido.

Isso me atinge como um raio. Fico paralisado. Tudo faz sentido, mas será... Fico com medo de que seja verdade. Mas, espera. Isso diz alguma coisa para você também? Será que você tem o mesmo problema que eu? De novo?

— A gente tem uma espécie de tendência estatística da normalidade. – ela continua – Explico. Por você passar a maior parte da sua vida na solidão, incompreensão e sofrimento, é que você passa a acreditar que isso é normal. Mas não é. Por você viver, digamos, 85% da sua vida nesse estado, você passa a acreditar que é solitário, incompreendido e sofredor. Justamente porque você passou a maior parte do tempo assim acredita que isso seja a sua normalidade. Mas não é. Por incrível que pareça a parte menor, os outros 15%, pode ser o seu estado normal. Ok, ok, muita coisa por hoje. A sessão de hoje acabou. Amanhã te mando a conta – ela ri de novo, mas desta vez mais brincalhona.

— Vamos supor que você esteja... cer...ta. Hipoteticamente. Como eu me curaria?

— Não.

— Não o quê?

— Você ainda nem entendeu o que eu quis dizer.

— Acho que entendi sim.

— Você intuiu, mas ainda não compreendeu.

A minha irritação está ficando frequente.

- Ok. Então, quando vou compreender?

- Você ainda não está pronto.

Mas, pronto para quê?

— Você, às vezes, parece um oráculo.

— Talvez eu seja – ela ri com satisfação.

Mas algo me diz que ela tem razão. Não no que ela disse, mas sobre não estar pronto. E penso sinceramente também que ela pode estar terrivelmente certa.

É possível você não saber quem você é? Ou melhor, você ser uma pessoa completamente diferente do que acha que é? E se algo te induziu a pensar que você é um tipo de pessoa, mas na verdade não é? É possível você ser uma espécie de robô programado (possivelmente por você mesmo, que é muito mais louco) de acordo com as experiências que convêm e não convêm? E se nós não tivermos a total consciência do que somos? E se as nossas reações, gostos, até mesmo sentimentos tiverem sido programados de acordo com as nossas experiências como uma resposta automática, mas que faz acreditar piamente que quem decidiu fomos nós mesmos? E se nós não formos o que achamos que somos? Se isso for verdade, qual é o meu estado natural? Qual é o seu estado natural? Hein, hein?

— Tá louco? Que música louca é essa? – Paulão reclama.

— Não enche, Paulão. Ainda não tem ninguém na casa. Tô só aquecendo.

— Já te falei, hein? Nada de bandas do outro lado do mundo e sem uso de microfone.

— Que saco. De novo? Já falei que aquela vez foi a última – nem tenho mais motivos, penso.

— Sei...

O Paulão se afasta da cabine como se fosse um urso resmungão. Eu ainda fico pensando um pouco na minha teoria da não-consciência, mas logo resolvo parar, com medo de ficar louco de verdade. Tudo bem, sei que é infantil. Mas, você ia suportar descobrir um dia que tudo que você pensava ser não é você? Porra, vamos parar com isso! Quem é você e quem sou eu? Ok. Paramos.

Saio da cabine e vou até o bar. Preciso esfriar a cabeça. De preferência com uma cerveja gelada.

— Que música louca é essa, Fahrenheit? – Dimi me pergunta.

— Até você? É Moloko. *The ID*.

— O quê?

— De psicologia. Id, Ego, Superego... Aliás, esse CD inteiro é sobre isso.

Ao lembrar o nome do CD "I am not a Doctor", penso em dá-lo de presente para a Ginger e fico rindo.

— E então, vou finalmente conhecer a garota dos seus sonhos?

— Pelo jeito, dos meus pesadelos também. Hahahahaha.

— Por que diz isso?

— Ela é sabida demais.

— Mais do que você? Hahahahaha. – seu riso é tão divertido que quase fico contaminado – Por acaso, não é aquela loira que você ficou conversando um tempão no sofá outro dia?

— É essa mesmo.

— Pô, ela é muito gata.

— Não diga, Dimi. Tira o olho, que essa já é minha.

— Cara, e eu sou de ficar com mulher de amigo meu?

— Opa. Quem te promoveu a amigo?

Dimi ri, mas eu não achei nenhuma graça. Se você não sabe, eu não tenho amigos. Apenas conhecidos. Somente conhecidos.

— Dimi, você é bonzinho demais. Um dia você vai aprontar comigo. Eu sei.

— Jamais. Isso nunca vai acontecer. Eu prometo.

— É ela.

A Ginger entra pela porta com uma graça inacreditável. Está usando um vestido preto. Está lindíssima. Dimi fica parado com o copo na mão.

– Dimi. Hã... – lanço o dedo indicador apontando para ele num gesto para ele disfarçar.

Dimi se assusta e olha para a braguilha. A Ginger chega, me cumprimenta e fica olhando de um jeito estranho para Dimi, que fica olhando para baixo, todo sem graça.

— Era seu queixo... – falo baixo e faço gesto de "boca aberta" sem que a Ginger veja.

— Seu... Olá, me chamo Dimi – ele disfarça, sorrindo amarelo.

— Ah, Fahrenheit falou muito bem de você – diz Ginger.

— Eu disse que no bar onde trabalho tem dois Mr: Mr. Fahrenheit e Mr. Simpatia. Hahahahaha. – fico rindo, enquanto Dimi me fuzila com os olhos.

— Ei, Dimi, dá uma olhada no depósito! A Paty aprontou mais uma. – diz o Paulão, que muda seu tom de voz de dono de bar supermandão para alguém mais ou menos respeitável ao avistar a Ginger.

— Ah, acho que nós devemos ir para a pista. Quer dizer, para a cabine. – digo pegando na mão da Ginger e olhando para o Paulão.

De início, a Ginger fica na pista, mas eu percebo a minha estupidez. Saio da cabine e pergunto:

— Er... Você tem claustrofobia?

— Por que está perguntando isso?

— Porque você podia ficar na cabine comigo, enquanto discoteco.

— Legal!!! – ela quase pula.

Aos poucos, *The Passenger* começa a encher. É a hora de tocar anos 80. A Ginger começa a se empolgar e faz o espaço reduzido da cabine ficar ainda mais reduzido. O Paulão fica do outro lado da pista de braços cruzados e aponta o dedo pra mim sinalizando que reprova a garota na cabine. Meu saco. É a hora do *Bizarre Love Triangle*. Ginger me olha e faz o dedo positivo. Nós nos conhecemos com essa música.

— Vou sair e buscar umas bebidas. Mas eu volto – ela caminha dançando, balançando a cabeça, como se estivesse em transe, e desaparece pela porta.

Ginger volta com duas garrafas de Smirnoff Ice.

— Ei! Você disse que ia buscar bebida!

— Ora. O que é isso então?

— Isso? Isso é suco de Vodka.

Ginger ri tanto que é escorada pela parede e quase bate a cabeça.

— Mas toma. Toma seu suquinho de Vodka – ela continua rindo e dançando.

Aproveito para tocar *Letter From An Occupant* do The New Pornographers. É a banda nova que descobri. Isso sim é original. Isso sim tem vida. E isso é sobre... amor. A pista para por um instante, mas eles entendem na hora. Começam a dançar mais do que nunca. A Ginger pede licença e vai para a pista. Como é a música? Quando você tiver que correr eu tocaria essa música. "Correr" quer dizer "fazer com vontade". Quando você estiver decidido com vontade tamanha de mudar o mundo, com muita vontade de fazer algo, disposto a ir até o fim, custe o que custar, aconteça o que acontecer, toque esta música. E vá atrás. Corra. Com tudo que você tem e não tem. É uma música que faz sua vida valer a pena. Aliás, em qualquer circunstância você deveria fazer a sua vida valer a pena.

Após algum tempo, a Ginger volta com mais Ice.

— Tó mais suco de vodka – ela se diverte.

Pego fazendo uma careta e sorrio, e do nada começo a falar sério.

Conversa de cabine ou incomunicabilidade

— Por que... Por que você está comigo? – digo olhando pra frente.

— O quê? – o som está alto.

— Estou perguntando por que você está comigo.

— O que tem Flamingo? Você quer ir lá depois?

Saco.

— Estou querendo dizer que... acho que... você é muito pra mim... – falo chegando mais perto. Mas ainda sem graça.

— O quê? Você tá louco?

Ufa, finalmente entendeu.

— Dramin pra quê? Está enjoado?

Ah, meu saco. Assim não vai dar.

— Um dia você vai se cansar de mim, não é? – insisto na mesma história, mas com o acréscimo de alguns decibéis na voz.

— Ah... Entendi.

Finalmente. Mas estou com medo da resposta.

— Você está enjoado, cansado daqui e está pensando em tocar no Flamingo... Sei não. Acho que *The Passenger* tem muito potencial. Ainda será um bar de muito sucesso. Veja lá. Quantos indies e moderninhos. Além disso...

Putz. Ela entendeu tudo errado e ainda fica formulando a sua teoria sobre a evolução sociocultural dos bares alternativos. Só pode ser realmente alguém que fez antropologia.

— Não! Estou perguntando se você vai me largar!

— Ah, não. Larga não. Aqui é seu lugar.

Desisto.

Percebendo o meu desânimo, ela me olha com ternura, se aproxima e diz no meu ouvido:

— Não precisa ficar inseguro. Estou com você porque eu adoro você. O encontro talvez seja o único milagre em que eu acredito. Estamos vivendo esse milagre. Não duvide disso. E pare de analisar. Quanto mais você analisa, o amor é o que desaparece mais rápido.

— Você... Você tinha ouvido tudo???

— Claro.

— Mas por que fingiu que não estava entendendo?

— Para ver até onde você ia. Você ficou bonitinho com cara de desesperado.

Ela ri e eu continuo desconcertado. Fico olhando para ela um tempão. De repente ouço vaias vindo da pista. Droga, a música acabou. Dou play o mais rápido que posso.

— Entendi. Então, só tenho que pedir uma coisa para você me dizer – raciocino rápido, tentando me recuperar.

— O quê?

— Diga “Cala a boca e me beija”.

Ela acha graça e olha pra mim com uma pequena pausa como se respirasse fundo.

— Cala a boca e me beija, idiota!

— Ó, idiota não.

Ela ri alto e em seguida se aproxima. Nós nos beijamos.

— Mais suco de vodka!

Ginger entra na cabine gritando, visivelmente bêbada.

— Acho melhor você parar de beber. Já está bêbada.

— Bêbada o quê? Você acha que vou ficar bêbada com suco de vodka? Hahahaha.

Fico preocupado e um pouco tenso enquanto o tempo passa. A Ginger já dança de olhos fechados e balança. De repente ela tropeça num fio e cai em cima da mesa de som.

— Ei. Você tá legal?

Ela se recompõe, um pouco constrangida.

— Espera – saio da cabine e vou em direção ao bar.

Volto num instante.

— Toma. Agora é a minha vez.

Quando eu a encontrei pela primeira vez ela me ofereceu uma garrafa d’água ao perceber que eu não estava bem. Ela segura a garrafa com um leve sorriso. Noto um burburinho na pista, as pessoas olhando para a cabine e eu não entendo o porquê. Mas ela larga a água e continua bebendo ice.

— Vai com calma.

— Outro dia... Outro dia eu falei sobre seu problema, não é?

— É.

— Então, faltou uma coisa.

— O quê?

— Qual é a negação da morte?

— O quê? Negação da morte? Como assim?

— Burrinho. Negação da morte. Contrário de morte. Antônimo.

— Grrrr. Sei lá. Por que está me perguntando isso? – penso que ela está uma mala, bêbada, ou mala bêbada, mas respondo contrariado – Negação da morte... Seria vida?

A pista parece parar por um instante. Realmente não entendo o motivo da pergunta, mas me concentro na Ginger.

– Bip! Errado. Não. A negação da morte não é vida. É amor. É ele que faz tudo durar para sempre.

Vejo com o canto dos olhos a pista e aos poucos as pessoas começam a parar de dançar. Checo o CDJ para ver se a música parou, mas está tudo ok. A Ginger continua.

— Amor? Quer saber? Ninguém está apto para entender isso. Nessa nossa breve existência, o que nós entendemos? O que sabemos? O que achamos que é verdade? Nada. Absolutamente nada. Não sabemos de nada.

Já sei. A Ginger é uma bêbada sensível. Tento reagir.

— Andei pensando sobre o que você disse. A nossa inabilidade para entender a vida. Sobre não termos certeza de nada. Sobre esta vida ser realmente uma mera ilusão.

— É. Nós nos enganamos. Inventamos sentimentos sem a gente saber. Criamos sonhos sem ao menos desejar. Cavamos justificativas para dar sentido à nossa existência vazia.

— Quer saber? Você tem razão. – evidentemente estamos gritando um com o outro na cabine – Mas somos belos por isso. Somos dignos por isso. Somos louváveis por isso. Esse engano que produz todas nossas dores, e também alegrias, a nossa fragilidade diante da inexorável vida, o nosso autoengano, todas nossas terríveis incertezas, somos belos por isso. Sabe por quê? Porque nós acreditamos. Temos fé. Por mais esdrúxulos que sejam os nossos sonhos, nós acreditamos. Por mais vazias que sejam as nossas vidas, nós temos esperança. E por mais estúpidos que sejam os nossos sentimentos, nós amamos. Profundamente. Até o fim da nossa vida miserável. – Será que troquei de lugar com a Ginger? Penso.

Ela me olha por um instante e as lágrimas começam a brotar dos seus olhos. Sinto que a pista inteira está parada. Eles devem estar achando que a gente está brigando. Ela me abraça e chora. Copiosamente. Diz num tom de súplica pela primeira vez desde que nos conhecemos:

— Eu amo você...

— Ah, droga.

Percebo porque todos estão parados na pista. Algumas garotas estão chorando também. Quando a Ginger esbarrou na mesa de som, ligou o microfone. A música acaba e o Paulão entra correndo. Tento corrigir o equívoco.

— Er... Desculpe. Foi sem querer. Vou voltar para as músicas. Paulão, desculpe. Foi um acidente.

Sem jeito, desligo o microfone e procuro por um CD apressado no case. Mas alguém grita da pista:

— Beija!

— É. Beijo!

Ah, fico muito sem jeito. Que diabo é isso? Parece um bando de adolescentes impressionados. Não. Jamais. Mas, de repente tudo vira um coro. "Beija, beija, beija." Ah, meu saco. Ligo o microfone de novo.

— Pessoal. Pelamordedeus. Que constrangimento. Não vou fazer isso. Não basta vocês terem ouvido a nossa conversa louca? Vamos fazer assim. Vou tocar uma música para que vocês se beijem. Satisfeitos?"

O coro ainda continua, mas logo vai diminuindo de intensidade. Encontro rapidamente a música e toco. É *Then I Kiss Her* de The Beach Boys. Nada mais apropriado. Todos gritam em uníssono em aprovação. Mas como a música é curta, logo termina. Todos parecem esperar pela próxima música. Deixo um silêncio de propósito. E toco novamente *Then I Kiss Her*.

Agora sim. Muitos casais se beijam. Também pego a Ginger pela cintura.

– Também amo você – digo beijando-a.

Juraria que ouvi vindo da pista uma ovação e aplausos.

Sim, vamos acreditar no amor. Mesmo que seja só por esta noite. Nem que seja somente enquanto essa música dure. Vamos celebrar a vida. Mesmo que tudo não passe de uma grande mentira. Mesmo que meu mundo nunca passe do tamanho desta cabine. Hoje me dou ao luxo de ser humano. Ainda com a mão na cintura da Ginger, dançamos acreditando que ainda podemos. Sorria, você é humano. Celebre. Acredite. Você é o que você acredita. Nem que seja apenas por hoje. Por esta noite. Acredite. Ame. Deseje que o seu sonho seja possível.

Acordo me perguntando o que é real e o que é imaginário. Fico pensando se ontem aconteceu de verdade ou eu sonhei. Um dia escrevi uma história de um homem que, quando dorme na vida, acorda no sonho. E, quando dorme no sonho, acorda na vida real. Mas as coisas davam tudo certo só no sonho. A vida real era um inferno para ele. Ao descobrir isso, o homem começa a levar o sonho a sério, e não a vida. Afinal, não é a crença que torna tudo real? Só resta saber por que a solidão me parece a única constante na minha vida. Embora eu esteja com a garota dos meus sonhos e também perseguindo o meu sonho de me tornar escritor, não consigo me desvencilhar da minha infinita solidão. Por que não consigo simplesmente acreditar que a minha solidão não é nada? Ou, por que não desacredito da minha solidão? Desculpe a comparação esdrúxula que vou fazer, mas não poderia ser como Papai Noel? Um belo dia você descobre que Papai Noel não existe. Não poderia ser assim com a maior dor da minha vida? Eu acordo e descubro, que na verdade, solidão não existe. Não dói mais e eu posso pertencer. Que eu posso estar ou ser como os outros, sem melancolia, sem motivo e sem sentido, sem precisar me esconder, muito menos os meus sentimentos. Cantaria alegremente canções populares idiotas ao invés de ficar me decifrando nas letras de músicas obscuras e livros que ninguém lê. E a dor? A minha solidão é tão intensa que é como se fosse uma dor física. Mais lancinante, mais profunda do que qualquer ferimento, corte ou doença. E a pior parte da dor é que eu sei que vou sobreviver. Eu vou viver para sentir mais dor a cada dia que passa, vou sentir mais e mais dores e mais intensamente. Sofrer das dores que não matam. Esse é o resumo do meu dia, do meu único compromisso, do meu calendário e da minha vida inteira. Não. Não sou dramático. Por incrível que pareça, não sou assim tão autopiedoso. Sou, mas nem tanto. Eu não poderia mentir para você, o que me é constante e realmente doloroso. Mesmo porque tudo acontece quando você está completamente só. A solidão te abraça como se fosse a morte, como se fosse um vampiro com sua longa capa sussurrando no seu ouvido que este é o seu último dia na Terra como homem. Que este deveria ser o seu último dia. E você fica circulando dentro de você. Sem parar. Injetando na sua veia todas as dores, frustrações, impotências e incompreensões. Quanto menos se espera, você está de joelhos desejando o fim de tudo, mas sabe o que é pior? Você sabe que vai sobreviver. Da próxima vez vai sentir tudo de novo, como se fosse pela primeira vez, dores ainda piores. Como sair disso? Eu também me pergunto. No momento, posso dizer que eu saí um pouco. Antes eu conjugava o binômio solidão e vida. Agora eu conjugo o trinômio solidão, vida e amor, graças a Ginger. Uma melhoria. Mas, pelo que escrevi esses dias, nem tanto.

Ele se sente morto. Não. Morto seria um estado. Mas ele não pertence. Não está e nunca esteve. Se esteve, não tem lembrança, memória, consciência. Está nulo e sente que será nulo para sempre. Vivendo ao contrário, sentindo ao contrário, está avesso aos homens, rascunhando no verso da vida seu esforço maníaco de andar reto em linhas tortas. Já invocou os nomes de todos os demônios, mas nenhum se interessa pelo homem sem alma. Se o vento pode atravessar o seu corpo, poderia sentir como uma dádiva, mas quando a luz atravessa o seu corpo é porque está irremediavelmente condenado a vagar pela terra desolada. Como se monta a cronologia de um homem? Entre as repetições infinitas e insensatas de nascimento e morte, a alternância diária entre sofrimento consciente e morte induzida, as constantes mortes em vida e heroicos renascimentos, como ordenar o verdadeiro início e fim? Rodas entrelaçadas girando em velocidades diferentes, de diferentes raios e em diferentes direções, transferindo o peso e a velocidade do destino, qual é o instante fatal em que acontece a sutil e ao mesmo tempo crucial mudança na vida de um homem? Qual é o momento primeiro para o isolamento perpétuo? Solidão. Este é o mal, justificativa e manifestação primitiva da dor de termos nascido.

Sobre o que é o livro? É sobre uma garota que vem da República Tcheca e encontra um cara. Este trecho é sobre o cara. Por que República Tcheca? Acho um lugar exótico e lá faz um frio danado. Contraposição com o Brasil. Mas também é porque me sinto estrangeiro aqui. Não pertencer. Acho que você entendeu. Na verdade é uma história de encontro. Do meu desejo de juntar dois corações partidos em um. A Kubikova (personagem principal e título do livro) sai da República Tcheca por causa de um coração partido. Ela resolve vir para o Brasil e encontra esse "homem sem alma". Estou bolando esse personagem. Ele é órfão. A Ginger diz que é porque tem a ver com a minha história. Pode até ser. Mas não quero pensar nisso. E os pais do Julien (esse nome veio do nada. Não sei por quê. Nem ao menos é brasileiro. Pode ser do Sandman...) morrem num acidente fatal. Então ele é criado pelo seu tio playboy. Que obviamente não dá a mínima para o moleque. Quando o desafortunado (na verdade, Julien é afortunado) completa 17 anos, o seu tio se manda para os EUA, deixando dois milhões na conta bancária do garoto (porque com um milhão ele ficaria com dor na consciência). Acho que vou mudar o nome do personagem. Ainda tenho tempo. Depois, ele fica ainda mais só do que era. Clássico pobre menino rico, mas com uma diferença. A sua herança maior. Ele herda uma chave. Essa chave é uma chave que abre a biblioteca da mãe dele. Então, desde criança, ele começa a ler compulsivamente, até como uma forma de suprir sua carência afetiva. Assim, ele se torna um homem-livro (é do Fahrenheit 451, um dos meus livros e filmes favoritos). Uma outra virada acontece quando está com 19. O dono do haras (o único ser com que ele consegue conviver é o cavalo) pergunta a ele sabendo da fofoca sobre a sua herança: "soube que você tem um bom dinheiro. E também sei o quanto você gosta de cavalos. Vou te explicar. Depois do projeto Genoma, os cientistas não conseguiram todos os códigos genéticos do ser humano, mas conseguiram de muitos animais. Inclusive do cavalo. E, com isso, eu estou abrindo uma clínica de aperfeiçoamento genético de cavalo de raça. Você quer investir?". Então ele pergunta, "quanto?" "500 mil reais." Sem piscar os olhos, ele investe o dinheiro. Quando completa 26 anos, ele tem 45 milhões. E, quando completa 33 (quando se passa a história do livro), ele tem 175 milhões na sua conta bancária. Ainda penso se não seria melhor o personagem ser um "homem comum". Mas acho interessante essa história. Mesmo porque eu conheci um garoto que tinha herdado da mesma forma um milhão do tio. Eu acho que pode ser interessante. Um brasileiro rico e uma tcheca pobre (eu sei, mas não ri). Frio, quente. Mas com o mesmo coração partido. Talvez uma história de cura. E obviamente a Kubikova está ficando cada vez mais parecida com a Ginger. Já sei. Vou guardar essa história no subconsciente. E deixar maturando. Costuma funcionar. Vamos ver no que dá.

Acorda! Acorda! Fico fazendo força para acordar no sono. Acabei de sonhar com uma baita ideia para um trecho do livro. Uma excelente! Preciso acordar e escrever para não esquecer. Acorda! Acorda! Ufa! Acordo muito sonolento e procuro um papel. Agora, a caneta. Rabisco a ideia rapidamente e deito aliviado. Volto a adormecer.

Acordo de novo. Agora, de verdade. Ainda bocejando tento encontrar o papel de ontem à noite. Passo os dedos nos olhos e pego o papel. Fico sorrindo por causa da ideia que tive. Fico ainda mais satisfeito ao saber que eu realmente não lembro o que sonhei. Ainda bem que anotei. Pego o papel para ler ainda sorrindo. "Ele encontra um bêbado no bar" O quê????? O que é isso??? "Ele encontra um bêbado no bar"? Ah, meu Deus. Eu estava com sono demais e anotei o que fazia sentido para mim no sono. Que merda. O que eu quis dizer com "Ele encontra um bêbado no bar"? Bom, ele deve ser "Julien". Mas ele em si já é um bêbado. Ele encontra ele mesmo? Pera. Se eu escrevi "bêbado" é porque ele deve beber mais do que Julien. Mas o que será que aconteceu? Lembra, droga! Isso já aconteceu com você? Jurava que me lembraria da ideia ou da história quando acordasse e quando acordou não lembrava de nada? Já? Ora, mas isso me ajuda em alguma coisa??? Droga. "No bar". Por que eu escrevi isso? Pô, onde mais poderia encontrar um bêbado??? Uhu... Preciso lembrar. Lembro que terminava com um diálogo muito bom. Preciso lembrar. Já sei. Vou fazer um café bem forte. "Ele encontra um bêbado." "No bar". Posso tentar raciocinar separado. O que tem de extraordinário ele encontrar um bêbado no bar? Será que ele é uma espécie de guru que vai desvendar o Julien? Não, não pode ser. Então, não tem por que ter Kubikova. Será que acontece alguma coisa no bar? Ele briga com o bêbado lá? "Ele encontra...". Quer dizer, tinha marcado um encontro? Ele marca um encontro com um bêbado no bar? Que tipo de bêbado civilizado é esse? Se eu escrevi "no bar" no fim, é porque isso é importante. Deve ser o que explica o acontecimento todo. Que mais? O bêbado que importuna. Sempre tem isso no bar. Mas o que tem de novo, de interessante nisso? No máximo ele ficaria de saco cheio e enxotaria o bêbado da mesa. Vamos, me ajuda. Mais hipóteses. Ah, aqueles bêbados que vendem coisas no bar. Ele poderia ter oferecido algo a Julien e isso fez com que ele lembrasse de algo. Hum... Isso é interessante. Mas que diabo, o que era???? Abro o pote de açúcar. Droga. Mais essa. Tem formigas no pote. Que merda. Não. Isso não é formiga. Isso é... Eu puxo um pedaço de papel mergulhado no pote e com alguma coisa escrita. Que diabo é isso? "Todos os dias você faz minha vida valer a pena. Agora tenho diálogos de verdade. Obrigada." Droga. Sento como se desabasse. Diálogos. É isso que tô procurando. Brincadeira. Acha que não tenho sensibilidade? É que receber elogios ou esse tipo de demonstração de sentimento não é fácil para mim. Diria que tenho até um certo bloqueio em relação a isso. Fico estático um tempão lendo e relendo o bilhete. Sim, estou emocionado. Essa garota está salvando a minha vida. Eu, que, de tanto passar meu tempo lá, conheço a geografia inteira do inferno, finalmente consigo deslumbrar um pouco de céu. Eu choraria se lembrasse também o maldito diálogo que não consigo lembrar. Brincadeira de novo. É difícil para mim. Muito difícil. Como se sentiria se tivesse vivido uma vida inteira de abandono e solidão e de repente recebesse uma carga inteira de amor, num espaço de tempo muito, mas muito curto. Uma espécie de curto-circuito do amor. Desculpe de novo. Não sei. Eu sinceramente não sei lidar com isso. "Todos os dias você faz minha vida valer a pena. Agora tenho diálogos de verdade. Obrigada." Acho que vou chorar. Valer a pena. Valer a pena. Vale...? É isso! É isso! Lembrei, lembrei! Putz... É assim. Julien encontra na verdade esse bêbado na rua. E conversa um pouco e, percebendo que o bêbado é gente boa, leva-o para um bar. O bar não é um boteco. É um bar bacana. Mas como o dono do bar conhece Julien, não faz objeção ao bêbado-mendigo. O próprio Julien escolhe uma mesa afastada de todos. E eles ficam tomando todas. Whisky, vinho, cerveja, pinga, tudo. Daí o bêbado conta a vida inteira dele, e Julien ouve pacientemente sem pronunciar uma única palavra. Lá pelas tantas, o bêbado, percebendo que tomou demais e com medo, pergunta a Julien:

— Você... você tem dinheiro para pagar tudo isso?

Então, ele sem levantar os olhos, vira o seu shot de tequila. Limpando a boca com as costas da mão, responde:

— Eu não entro num bar onde não possa comprar.

Obrigado, Ginger. Não pela história, claro. Obrigado a você por me trazer de volta para a vida. Obrigado por me ensinar que ainda posso. Obrigado por conversar comigo. Obrigado por... ah.... Obri...gado. Obri.... Obrigado. Obrigado...

Sim, eu conto histórias tristes. Sim, eu conto porque a minha vida é triste. Ou era. Não. Ainda é. Ninguém pode passar um corretivo e passar pelas dores incólume. E não vou contar minha história triste porque não quero a sua consternação, muito menos pena. Mesmo porque cada um tem uma dor inconfessável. Incomunicável e incompreensível. Fico pensando se não é essa primeira dor que provocou todo o resto. A melancolia, as dúvidas existenciais, tardes e tardes de dolorosa solidão. Depois de tanto doer, nós mesmos bloqueamos o acesso à dor primeira. Então ficam somente os sintomas e as dores secundárias geradas pela primeira, porém agora nós desconhecemos o motivo. O que causa ainda mais dor. Perdemos-nos em nosso próprio labirinto, vagando na noite escura da luz que nós mesmos apagamos e nós mesmos cobrimos os rastros para nunca mais encontrarmos o caminho de volta para casa. Mas por que diabos não conseguimos nos livrar disso, mesmo tendo consciência? Por que não consigo me livrar do meu mau-humor, raiva e toda espécie de infantilidade, se, de certa forma, sei da sua causa, efeito e consequência? Por que não consigo colocar em prática o que aprendi? Por que continuo agindo como se tudo fosse por impulso? Por quê? Por quê? Solto a caneta. Fico o resto do dia tentando responder às perguntas, que provavelmente vou esquecer quando acordar amanhã.

Acordo e continuo escrevendo. Às vezes, quando escrevo, tenho a estranha sensação de que o que escrevo me afeta emocionalmente, e o que sinto também afeta diretamente o que escrevo. De modo que algumas vezes perco a noção da individualidade. Se eu posso inventar um personagem, eu também não poderia ser essa pessoa na vida real? Qual é a verdadeira consciência? Eu gostaria de escrever algo que confundisse o leitor definitivamente. Ao ponto de não saber mais o que é real e o que é imaginário. De não saber quem é o autor e quem é o personagem. Confuso? Louco? Não. Desconfio que essa seja a verdadeira natureza do que chamamos realidade. Ilusório, confuso e cheio de incertezas. Fico angustiado. Me sinto fracassado na verdade. Nada e nada. É o que sou. Fico folheando meus originais e sentindo o vazio existencial do tamanho do mundo. Quem sou eu? Homem sem nome. Um homem sem passado. Um homem com um buraco no peito.

Um homem que não sabe lidar com a sua solidão. Mesmo estando acompanhado. O jargão ambulante ou a prova concreta de solidão na multidão. Mas sabe a coisa mais engraçada? Mesmo com essa suposta densidade, quando eu converso com alguém, tudo isso desaparece. Ou melhor, decanta. O que eu sentia se esconde não sei onde. Creio que fica na base. Como areia no fundo do recipiente d'água. Quando eu me comunico (converso) com as pessoas é como se eu fosse uma outra pessoa. É como se eu fosse um robô programado para responder às reações das pessoas, situações pré-estabelecidas ou vividas. Sou um robô que aprende e guarda na memória como agir e reagir em determinadas situações e demonstrar determinadas emoções de acordo com os acontecimentos. Para mim, sorrir é a coisa mais penosa. Aliás, todas as minhas emoções diante das pessoas me parecem falsas. Fingidas. Tristes. Essa é a palavra certa. Tristes.

É por isso que me pergunto de novo: quem sou eu, afinal?

Bom, estou filosofando e escrevendo mais do que de costume, aproveitando que a Ginger está fazendo um curso de moda e também porque estou realmente decidido a terminar o meu livro. Tudo graças à Ginger, claro. Hum... Como eu concilio a minha melancolia com a Ginger? Ótima pergunta. Eu não sei. Quer saber uma coisa que a Ginger não sabe? Acho que ela sabe ou desconfia. Sou um pessimista filho da mãe. Acho que nada vai dar certo. Mas eu juro que estou tentando. Tentando mudar. Tentando e fazendo um esforço quase sobrenatural. Quero ser... feliz. De verdade. E a Ginger.... A Ginger é um pouco de água no deserto da minha vida. Ela é a beleza que eu nem sabia que podia existir. Ela é a minha sorte no meu mar de azar. Ela é.... mulher da... Porra, desde quando comecei com essa breguice? Melhor parar. Agora está começando a entender o meu drama para não estragar tudo, né? Se fosse uma luta poderia colocar uma placa "Mr. Fahrenheit vs. Mr. Fahrenheit". Ou "Sr. Melancólico vs Sr. Pessimista." (sendo, obviamente, eu mesmo com roupas diferentes). Se existe alguém que pode estragar tudo isso, sou eu. E tenho realmente muito medo de que eu consiga.

Mais um dia. Levanto e escrevo mais um pouco. Vida de hum... escritor (disse, escritor? Bom, ainda não sou) é monótona? Vida de um homem decidido é monótona. Deixa eu te mostrar algo. Penso que um dia vou usar isso para alguma coisa. "Se você for tentar, tente de verdade. Caso contrário nem comece. Isso pode significar perder namoradas, esposas, parentes e empregos. E talvez a sua cabeça. Isso pode significar não comer nada por três ou quatro dias. Isso pode significar congelar num banco de praça. Isso pode significar gozação. Isso pode significar escárnio, isolamento. Isolamento é uma dádiva. Todo o resto é teste da sua resistência. De quanto você realmente quer fazer isso. E você vai fazer isso, enfrentando rejeições das piores espécies. E isso será melhor do que qualquer coisa que você imaginou. Se for tentar, tente de verdade. Não há outro sentimento melhor que isso. Você estará sozinho com os deuses. E as noites vão arder em chamas. Você levará sua vida direto para a risada perfeita. Esta é a única boa briga que existe." É de Bukowski. Embora eu não goste muito dele como escritor, acho essa passagem fantástica. Leio sempre que estou desanimado. Quer saber? Eu queria encontrar algo como essas palavras. Mas, mais sucinto. Mais condensado, sintético e muito mais poderoso. Gostaria de conseguir. Aí você vai entender tudo que eu quero dizer. E, se Deus quiser, apenas com uma única palavra.

"Tumtum". Alguém bate na porta. O que é isso? Não estou esperando ninguém. Vou até a porta e vejo pelo olho mágico. É a Ginger.

— Como entrou sem ser anunciada? – abro perguntando.

— O Severino me deixou. Acho que ele anda com dó da sua vida solitária. Hahahaha.

Grrrr.

— E se a gente terminar e você se revelar uma psicótica e resolver cometer um crime passional? – resolvo brincar.

— Ah, a gente sabe que esse risco você não corre. O apaixonado aqui é você. Hahahahaha.

Grrrrrrrrrr. Eu estava brincando, pô.

— Então você não está apaixonada por mim? – pergunto reticente.

— Eu disse que não estou apaixonada?

— ....

Continuo após uma pausa.

— E... e o seu curso?

— Cabulei. Vim ver como está indo meu escritor favorito.

— Ainda não sou escritor.

— Em breve será e, aliás, eu já disse que era – ela ri.

— Pra quem?

— É segredo. Acho que você vai ter uma surpresa na semana que vem.

— Que surpresa?

— Ora, se eu contar, não vai mais ser surpresa, né? – ela ri novamente.

Saco. Vou até a mesa.

— Foi você que escreveu isso? – mostro o bilhetinho que encontrei outro dia.

— A Dani é que não poderia ter sido.

Grrrrrrrrrrrrrrrrrrrrrrrrrrrrrrrrrrrrrrrrrrrrrrr. Dani é a minha ex.

— Não é legal? Eu escondi um monte desses papéis nos lugares mais inusitados possíveis. Você vai encontrando por acaso e vai se divertindo.

Que ideia... Fico feliz.

— Mas quando? Ah, o dia que você disse que ia fazer a faxina e, quando eu sai...

Ela aponta o dedo indicador e pisca um olho. Após olhar por um tempo para o papel, continuo.

— Er...

— Diga.

— Eu andei pensando sobre a segurança, sobre... nós, e cheguei a uma conclusão.

— Sim. Isso é importante – ela endireita o corpo na cadeira, ficando de frente pra mim.

— Eu sempre acho que você merece alguém melhor que eu.

— Sim, isso eu já sei – esboça um leve sorriso de compreensão.

— Então, embora eu ache que você merece alguém melhor – respiro – quero ser esse alguém melhor.

Ela sorri e está com os olhos cheios d'água. Continua sorrindo, levando a mão à sua boca e olhando fixamente pra mim.

Depois do sexo, estou deitado com a Ginger e fico passando o dedo pelas costas dela. Lembro de quando a conheci:

— Que resposta você quer? (eu estava brabo) Quer cavar algo interessante na minha miserável vida? Quer que eu diga que faço algo interessante? Algum projeto de vida? Algo que faça eu me identificar com você? Quer que eu diga que eu fotografo, que tenho uma banda de rock ou que estou preparando minha exposição individual? Não, garota, sou um fodido sem perspectiva nenhuma. Não sou como você. Quer saber a verdade? A minha vida toda nunca consegui encontrar o que quisesse fazer. Achei que tivesse encontrado, mas também não consegui. Essa patética figura que você vê sou eu. Eu não sei fazer nada na vida. Não acredito em nada. Não tenho talento para nada. A não ser essa infinita capacidade de ter pena de mim mesmo. Agora, dá licença, porque vou chorar no banheiro para combinar com meu melodrama.

— Espera. Eu também não sei fazer nada. A minha vida é um completo fracasso. Embora todos achem que sei muito bem o que eu quero.

— ... Está bem. Somos dois perdidos. Mas parece que nós encontramos um ao outro. Isso deve ser alguma coisa. Podemos passar a noite inteira tentando descobrir quem é mais fracassado do que o outro. Que tal?

Sim, foi assim que começamos. Tenho uma ótima memória. Eu apostaria que nós dissemos exatamente as mesmas frases. Lembro também a primeira vez em que ela veio aqui:

— Você não faz nada mesmo? – ela me disse olhando para os livros e filmes na minha estante.

— Eu costumava escrever.

— Costumava? Não escreve mais?

— Não.

— Por quê?

— Porque não.

— Sempre odiei esse tipo de resposta. Desde criança. Dá pra responder direito? Expressar pelo menos você sabe.

— Tá, tá! Fiquei transtornado com meu último encontro com a minha ex e pensei na vida mais do que deveria e botei fogo no manuscrito.

— Hahahahahahahaha.

— Do que você está rindo?

— É típico dos poetas românticos. Desilusão amorosa e bota fogo no original. Hahahahaha. Aposto que encheu a cara.

— Hu.... Desculpe, mas acho que está na hora de você ir.

— Você acha que eu não posso entender você, não é? Acha que seus problemas metafísicos são insolúveis. Enche a cara, coloca pra tocar um blues de cortar os pulsos e deixa sua alma morrer aos poucos, completamente estarrecido, remoendo sem parar as dores da vida.

— O que te dá o direito de falar assim de mim?

— Não estou falando de você. Estou falando de mim.

Depois ela contou sobre a sua vida. Mas eu nunca mais esqueci, "coloca pra tocar um blues de cortar os pulsos e deixa sua alma morrer aos poucos...". É isso que somos. Eu sou um blues de cortar os pulsos. Dor, drama, desespero, passional. Se a Ginger fosse um gênero musical, ela seria jazz. Harmônico, inesperado que, mesmo improvisando, mantém a perfeição do compasso da vida. Somos um casal musical. Enquanto eu toco músicas estridentes, dolorosas e viscerais, ela sopra notas leves, suaves e complacentes. Mr. Blues e Lady Jazz. É isso que somos.

— Eu te convido para jantar – Ginger diz terminando de se vestir.

— Seria melhor me convidar para beber.

— Idiotinha. Isso é depois do jantar.

— Ó, idiotinha, não.

— Bobinho.

Ela segura minha cabeça com as duas mãos e me beija.

Andamos pela rua rindo. Contando piadas e histórias e penso como estou feliz. Ela segura no meu braço e isso me deixa ainda mais feliz. Como nos tornamos idiotas quando estamos apaixonados. Fico rindo de tudo e de todos e até me esqueço dos meus problemas metafísicos. Passamos em frente ao bar/restaurante chamado Light. Sempre achei bacana este lugar. Ao notar que fico olhando para dentro do lugar, a Ginger me pergunta:

— Você quer entrar aí?

— Não. Outro dia. Não hoje.

— Por quê?

— Porque é caro.

— Eu posso pagar.

— Eu sei. Mas não tô a fim de aturar gente moderninha hoje.

— Sei.

— Fora que esse negócio de mulher pagar também não é uma coisa que me agrada.

— Machista.

— Não. Não é isso.

— É machista sim.

— Eu sempre achei que fosse educação. Acho bacana homem pagar. Pra mim é como se fosse um código de etiqueta. Não me sinto bem quando mulheres pagam.

— Ai, sim. Ok, você pode pagar então.

— Ei, hoje não tenho dinheiro!

Ela ri tanto que parece que vai esborrachar no chão.

— Tenho uma ideia para diminuir a minha sensação de culpa.

— Como?

— Tem um restaurante chinês que é BBB. Bom, bonito e barato. Pensando bem, só BB. Porque bonito não é.

— Onde é isso?

— Ora, só podia ser na Liberdade, né? Você gosta de comida chinesa?

Ela faz uma careta feia e acaba com a minha ideia genial em dois segundos.

— Te peguei! Eu adoro! Vamos pra lá, então!

Vamos de metrô. Ah, eu adoro metrô. Se existe uma coisa que gosto nessa vida é andar de metrô. Fico observando as pessoas enquanto converso com a Ginger. Acho que é por isso que gosto de andar de metrô. É onde eu colho a minha matéria-prima. É onde exercito o meu poder de imaginação. Tentando imaginar e criar as histórias das pessoas a partir do rosto.

— Como se chama?

— O quê?

— O restaurante.

— Xifú.

— O quê? Se fú? Hahahahahaha.

— Não. Xifú. Com "x".

Ela continua rindo sem se aguentar. Quer saber, pode ser até ridículo o que vou dizer, mas gosto mais da Ginger do que de andar de metrô. Definitivamente.

Chegamos. Os proprietários são chineses, chineses. No fundo tem um aquário com peixes. Desconfio que é de lá que eles pegam os peixes servidos na mesa. Eles mal falam português. Aliás, quase não tem brasileiros no restaurante. A Ginger acha tudo muito divertido.

— Nossa, é muito barato! – Ginger diz olhando para o cardápio – e quanta coisa.

— Bacana, né? É uma prova de que não é preciso ser rico para ser feliz – sorrio – sabe de uma coisa? Um dia vou fazer um livro só com comidinhas gostosas de até R$ 10,00. Ou até R$ 5,00. Não seria ótimo?

— Seria.

— Lembro de um caldo de piranha que tomei lá na Avenida Tiquatira. Bar da Praia. Acho que esse era o nome. Fantástico. Apenas R$ 3,50. E tem o bobó de camarão pequeno, que já tem quantidade considerável, por R$ 4,00, no Beco do Mocotó, em São Miguel.

— Mas é tudo longe. Esse lugares são na zona Leste, não são?

— Nada. Tem em todos os lugares. Esses, eu achei particularmente bons porque são muitos barato e valem como refeição. Mas tem também o caldinho de feijão do Filial que na minha opinião é o melhor caldinho de São Paulo e, se bobear, do Brasil. Na Vila Madalena, ainda tem empanada de carne no famoso Empanadas. Eu ia muito no tempo da faculdade. Tem ainda krathong-thong do Mestiço.

— Ah, é muito legal. Você precisa escrever.

— Um dia eu levo você nos lugares.

— Vou adorar – continua após uma pausa – mas como você descobriu esse lugares?

— Boa pergunta – também faço uma pequena pausa – acho que existe algo em mim. O que pode ter, claro, nas outras pessoas também. Uma espécie de capacidade de perceber o que é vida de verdade. Além da simples questão aristotélica da estética, sinto quase instintivamente em tudo que vejo o que é vida e o que não é. A capacidade de diferenciar ou perceber o que é vida ou não.

— Entendo...

— Sei que você entende.

— Como?

— Você também tem.

— Tenho?

— É. Talvez mais do que eu. Acho que é como uma espécie de "força" do Guerra nas Estrelas – termino rindo.

— Sei do que você está falando. Mas acho que se for assim, você deve ser como Luke Skywalker. É preciso a dúvida, a busca incessante e uma certa dose de inconformismo para compreender absolutamente tudo.

Fico pensando no que ela disse.

— Tem um livro chamado *A Conquista Psicológica do Mal.* O título já diz tudo, né?

— É... – respondo ainda pensando.

— Neste livro diz que o herói será sempre tentado a trilhar o caminho do mal. Aliás, o primeiro caminho é do mal. Ou seja, os motivos que citei, os que poderão fazer você triunfar, também poderão ser as razões que farão você fracassar – ela fala com propriedade de quem de fato estudou antropologia.

— A diferença é tênue, não é?

— É.

— Mas o que será que pode fazer a diferença?

— Hum... Coração.

— Coração? O que quer dizer?

— Pureza. Talvez uma dose de ingenuidade. Ou a crença. Fé. Talvez coragem. Eu não sei ao certo. Talvez uma força sobre-humana, física ou psicológica, que vem não se sabe de onde. Talvez algo como transcendência. Talvez a compreensão de que somos e podemos ser Deus. Mesmo que seja apenas por alguns instantes.

— Vontade. Talvez seja isso.

— Talvez.

Ficamos por algum momento em silêncio tentando digerir mais as palavras do que a comida.

— Talento para a vida.

— O quê?

— É isso o que temos. O instinto e a capacidade de perceber o que é vida. É talento para a vida.

— É perfeito.

Sorrimos.

— Agora, tenho uma dúvida. Aliás, curiosidade. Dos lugares que você já conheceu, quais foram os mais loucos, inusitados? Onde foi o pior lugar que você encontrou a vida? Ou melhor, não sei.

— Hum... Deixa ver... Me ocorrem dois lugares. Mas nesses eu não posso te levar – faço uma concordância irônica mas divertida com minha resposta de alguns minutos atrás – teve um lugar. Quando morava na zona Leste. Tinha um amigo e a gente sempre tomava uma. Estávamos na casa dele tomando uma. Mas as bebidas acabaram. E era uma quarta-feira. Ou era terça. O fato é que não tinha nada aberto. É como cidade do interior. Tudo fecha quando passa da meia noite ou da uma. Então esse meu amigo disse: "conheço um lugar que ainda está aberto". Já eram mais de duas da manhã. Fomos para lá. Eu disse: "mas esperaí. Isso aqui é uma casa do norte!" "Não. O bar fica nos fundos." Passamos pela frente com aqueles negócios pendurados no teto e chegamos num corredor. E que medo. O corredor era estreitíssimo. Um cara gordo não conseguiria passar por lá. Parede e chão de cimento queimado. Passamos por uns cinco ou seis metros de corredor, até chegarmos ao fundo. Era um salão de mais ou menos uns 30 m^2, pé direito alto. Do lado direito ficava a cozinha. E no salão tinha apenas cinco mesas. Uma em cada canto e outra no meio. Tinha também um balcão de bebidas encostado na parede perto do corredor. Tinha um casal na mesa do fundo. O lugar era fechado. Não tinha janela. Nada. Acho que esse lugar tem mais a ver com instinto de medo do que de vida. Talvez a sensação de estar num lugar que a maioria não conhece. Nem sequer imaginam que exista. Então veio a grande surpresa. Me levantei para olhar um cartaz atrás do balcão. Estava escrito. "Senhores crientes, (assim mesmo 'crientes') por gentileza, deixe a sua arma no balcão. Porque queremos evitar 'costragimentos'." Levei um susto. Li de novo, era isso mesmo que estava escrito. Então olhei de novo para o lugar. Sem janela. Corredor como única saída. Já via bala ricocheteando pelo salão. Sentei na mesa e perguntei ao meu amigo. "Você viu aquilo?" "Vi.", ele respondeu e continuou "achei que você ia gostar. Existem lugares e situações que a gente nem sequer consegue imaginar. Imagine a vida dessas pessoas. Imagine este lugar. Isso talvez seja um pouco da vida que você tanto fala." E era. Ficamos lá um tempo em silêncio, bebendo. E depois ficamos rindo. Deve ter sido efeito da bebida. Mas eu não conseguia parar de imaginar a bala ricocheteando. Eu nunca mais consegui esquecer aquele lugar. Principalmente o cartaz. Talvez a vida não seja o que nós imaginamos.

— Fantástico...

— Tem um outro. Um lugar que começa quando todos estão absortos, começando a mergulhar no seu dia a dia. Uma espécie de submundo. Um universo paralelo. Você sabia que existe um bar que começa a partir do meio dia?

— Sempre bar – ela sorri ligeiramente.

— Na Rua Bento Freitas, no coração da famosa Boca do Lixo. Existem algumas "casas" que só começam a funcionar quando o dia amanhece. Eu fui em algumas, mas não encontrei nada. Só alguns resquícios. O que as pessoas poderiam dizer que é escória, que inclui drogados, traficantes, prostitutas, travestis, policiais, sim, muitos policiais e todos os outros subgêneros da noite se encontram lá. Em alguns dias, você consegue encontrar alguns diálogos interessantes, mas o subtexto acaba sendo repetitivo. Algo como falta de esperança. A morte e o hedonismo convivendo lado a lado. É lugar ou tempo onde prazer e dor assumem a mesma face. São todos seres tristes, um mais triste que o outro, prestes a chorar rios de lágrimas ao menor sinal de rachadura na parede.

— Você ia muito nesses lugares?

— Não. Eu não conseguiria aguentar. Só não sei ao certo se esses lugares não tinham vida ou tinham em excesso. Mas teve um bar em especial que eu fazia questão de ir de vez em quando. O proprietário era um sujeito simpático. Uns diziam que ele era ex-delegado de polícia, mas, quando eu perguntei a ele, respondeu que era apenas um simples comerciante. Pode ter sido verdade ou não. Nunca vou saber. Ficamos amigos porque fiquei fascinado com a ideia de um bar que abre ao meio-dia e termina às seis da tarde. Da primeira vez que fui lá, talvez por ele ter notado que eu era 'diferente', ou que não fazia parte do perfil usual da 'crientela', começamos a conversar. Quando disse que o lugar era fantástico, ele me falou: "você viu aquele filme, Stargate?" "Sim, são as pessoas que viajam pelo portal do tempo. Que vão parar numa civilização meio egípcia." "Isso. Aqui é Stargate." Sensacional. Desde aquele dia penso em colocar uma placa no bar com letras ou motivos egípcios. "Levy Bar". Levy era o nome do dono. Quem sabe um dia eu ainda o faça.

— Você devia fazer. Sinto que você encontrou a vida lá.

— Encontrei. E sei o que é. Amizade. Cumplicidade. De maneiras diferentes, mas tentamos entender a vida.

— Você nunca mais voltou lá?

— Desde que estou com você, não.

— Isso quer dizer que te salvei? Hahahahaha.

— Podemos dizer que sim.

— Mas eu adoraria ver essa placa.

— Acredito que seja a única coisa que você vai ver desse bar.

— Era tão ruim asim?

— Diria que, sem bebida e sem drogas, aquelas pessoas não aguentariam. Mas estranhamente a maioria das pessoas era doce.

— Compaixão.

— O quê?

— Eles sentem compaixão um pelo outro.

— Sim. Inclusive eu por eles e eles por mim.

— Sim.

— Sabem que sou tão triste quanto eles.

— Acredito. Que mais?

— Não sei... Ah, tem uma outra coisa que me impressionou. Isso porque tinha visto muita pobreza já. Era num bar. Pra variar. Meus amigos, que amigos, principalmente esses, os caras me deixaram lá e eu fiquei sozinho. Disseram que iam voltar. Era um bar de quinta. Como achei que eles iam voltar, fiquei tomando sozinho. Depois de algum tempo, um tiozinho começou a discutir com o dono do bar. Motivo: não tinha mais dinheiro para a pinga. Eu estava de saco cheio e disse que ia pagar. O tiozinho sentou na minha mesa para agradecer. Mas eu já estava de saco cheio. Ele me perguntou o que eu fazia e não sei por que eu respondi que era escritor. Ele mudou de atitude na hora e me tomando por algum artista excêntrico disse que eu precisava ver uma coisa. Que eu deveria escrever sobre isso. Me pediu mais uma pinga que obviamente paguei e ele disse que ia me levar para um lugar. Topei. Quando perguntei se era longe, disse que não, que morava do lado. Então perguntei, "você vai me levar na sua casa? Pra quê?" Pelo seu jeito não me parecia uma má pessoa. Até achei inofensivo. "Vou te levar para minha casa para você ver como as pessoas pobres vivem neste país." Eu, que tinha vivido na pobreza também, no começo achei conversa fiada. "Tenho cinco filhos." Ele disse andando na minha frente. A casa era perto do bar. Lembro vagamente que era um corredor. Virou à direita e disse: "é aqui". Era na verdade só um quarto. Na entrada tinha um computador daqueles "XT" e um moleque de mais ou menos 13 anos jogava uma espécie de "space invader", devia ser a única utilidade daquele computador. O teto era baixo. Quando entrei no lugar, tomei um susto. Tinha muita gente. Tinha dividido a casa, quer dizer, o quarto, em dois cômodos. Tinha passado uma madeira no meio, transformado a parte de cima, numa espécie de mezanino. De modo que, ao invés de beliche, tinha quarto em dois níveis. Não tinha móveis. Só tinha colchão de cima e colchão de baixo. As roupas ficavam amontoados num dos cantos. Suas duas filhas, que eram por sinal gêmeas, brincavam na parte de baixo. Na parte de cima dormia uma outra garota. A sua mulher estava lendo não sei o que em baixo. Uma outra garota entrou correndo e disse: "pai, pai." Todos estranharam a minha presença. Só sossegaram quando o pai disse que eu era seu amigo. Fiquei olhando a cena completamente aturdido. Confesso que uma lágrima escapou. As garotas sorriam e a menininha que entrou por último ficava segurando a minha mão. Cacete. O que era aquilo? Isso era vida? Não sei, Gui. Na verdade, eu não sei o que é a vida – fico cabisbaixo.

— A eterna dúvida.

— É. Mas obrigado por me ouvir e se interessar pelas minhas histórias.

— Como não me interessaria? Você é a pessoa com mais vida que já conheci em toda minha vida. Se alguém pode um dia entender tudo isso é você. Viu, tenho mesmo capacidade para perceber o que é vida. Tenho muuuito talento para a vida – esboça um sorriso terno, compreensivo.

— Mas... qualquer um poderia entender.

— Sim. Mas precisa de alguém que lembre disso para outras pessoas.

— ... Amanhã vou tocar uma música para você. Melhor não... Toco quando chegarmos em casa.

— Qual?

— *Spell*, de Marie Digby.

— Não conheço.

— Deixa ver. Na, na, na, naa, na, na. Lembrei do trecho. "Beauty emanates from every word that you say. And capture the deepest thoughts in the purest and simplest of ways. But you see, I'm not that graceful like you. Nor am I as eloquent. But just a simple melody can change the way that you see me. I've put a spell over you."

— Momento Rádio Cidade. Gosto quando você traduz.

— Ok. "A beleza emana de todas as palavras que você diz. E captura todos os pensamentos profundos da maneira mais pura e simples. Mas, como você pode ver, eu não tenho tanta graça quanto você. Também não sou eloquente como você. Mas apenas uma simples melodia pode mudar a maneira como você me enxerga. Eu vou jogar um feitiço em você." – respiro – Eu também vou jogar um feitiço em você. Eu quero que você me ame. Para sempre.

— Huhumm... Vou dar uma de Senhor Fahrenheit. Muito bonito mas já está na hora da gente ir embora.

"Vou ao toilette. Enquanto isso, pede a conta." A Ginger se apressa em se levantar. Pega a sua bolsa desajeitadamente e eu a vejo parar no corredor, pegar o lenço e levar ao rosto. Abaixo a cabeça. Pego o copo e fico balançando na mesa, tentando um equilíbrio impossível.

A minha vida poderia ser resumida em AG/DG. Antes da Ginger, depois da Ginger. Antes eu era um maníaco depressivo. Agora sou um minimaníaco depressivo. Antes eu era um triste compulsivo. Agora sou um semifeliz. Antes era um melancólico de plantão. Agora sou meio-sorriso. Uma evolução e tanto. Antes eu era uma rocha. Concreto. Agora sou uma pedra sabão.

— Já sei onde podemos ir. – Ginger diz entusiasmada.

— Opa. Quem escolhe os lugares, sou eu.

— Hoje é minha vez.

— Onde você vai me levar? Nada desses lugares mauricinhos, samba, coisa de raiz ou bicho grilo, hein?

— Sei de um lugar bacana.

— Onde?

— Bar Z.

— Ah, não. Já ouvi falar. Bar de "universiotários".

— Toca jazz hoje.

— Deus. Eles acham que tocam jazz. É mais uma tentativa de parecer cool.

— Não, não. Eles realmente são bons. Te garanto.

Fico contrariado, mas resolvo não implicar mais.

— Então, vamos!

Chegamos ao bar. Mas, de fato, a maioria tem cara de universitário. Vinte poucos anos. Todos parecem saudáveis e felizes.

— Eu estou destoando aqui.

— Relaxa. Um pouco do seu mau-humor vai fazer bem ao pessoal – ela se diverte.

— Nomes? – o segurança me pergunta indicando que vai anotar os nomes na comanda.

— Hum... Miles.

— O quê? Maios?

— Hahaha. Não. Pode pôr Davis.

— Ok – ele estranha.

— Ei, Até quando você vai fazer isso? O nome dele é...

Brummm. Um carro passa, mas o segurança consegue anotar o meu nome e me entrega a comanda. Fico abismado olhando para o papel.

— Você... você disse o meu nome verdadeiro, pô.

— Você precisa parar com isso. Não acha que está na hora de você encarar esse problema?

— Escuta aqui! Já disse para não tocar mais nesse assunto! – explodo de repente.

— Calma! Vamos entrar, vai.

Sento à mesa completamente emburrado.

— Ei, vê se melhora. Desculpe. Não devia ter feito isso. Desculpe mesmo.

— Tudo bem. Mas nunca mais faça isso.

— Ok. Mas eu ainda acho que você devia resolver isso.

— O que você acha que eu devo fazer? Ir bater na porta da casa dele? – termino debochando.

— Não é uma má ideia, viu?

— Como se fosse fácil. Além do mais, ele deve estar morto.

— Eu ainda acho que você deveria tentar.

— Vamos mudar de assunto?

— Tudo bem. Quer um whisky?

— Agora sim. Tá falando sobre o que realmente preciso.

A Ginger mostra a língua e vai até o balcão. Por um momento fico olhando para o meu nome escrito na comanda. Leio mentalmente. Em seguida pronuncio em voz baixa. Leio novamente. Levo as mãos aos cabelos. Eu não conheço mais esse nome. Esse nome não me pertence. Sou um completo estranho para mim mesmo. Sou inominável, irreconhecível e talvez inexistente. Procuro o espelho, achando que, como um vampiro, não vou encontrar mais a minha imagem.

— O que foi? – a Ginger volta.

— Bobagem minha.

— Procurando por você mesmo? – diz entregando meu copo de whisky.

— Mais ou menos por aí.

— Seu problema com identidade é grave, né? – diz chupando o canudinho da sua caipirinha.

— É. É muito grave – uso um tom mais grave e mais forte do que seria natural.

— Melhor eu parar.

— É. É melhor mesmo. Eu não estou preparado ainda.

A banda começa a tocar. Tomo um gole grande. Ficamos em silêncio, cada um tomando a sua bebida.

— Estou gostando do meu curso – ela tenta amenidades para ver se fugimos do assunto anterior. Ou melhor, para ver se fugimos de nós mesmos.

Fico estático, flanando no meu universo autista e monotemático.

— Ei, estou falando com você.

— Hã? Sim.

— Acho que a moda é como sua discotecagem. Fiquei pensando que você pode se vestir de acordo com a sua trilha sonora do dia. Quer dizer, de acordo com seu estado de espírito. Não seria divertido você se vestir e a pessoa dizer "você está triste, hoje?" Ou você poderia se vestir ao contrário para ver se melhora.

— Eu deveria então me vestir de palhaço todos os dias? – digo sem rir.

— Que tal se vestir de garrafa de Johnny Walker? – ela ri muito. Escandalosamente.

— Não teve graça. Aliás, humor não é o seu forte.

— Ei, o que foi?

— Nada.

Me levanto, deixando a Ginger na mesa sozinha, e vou até o balcão. Demoro um pouco mais do que deveria para pegar uma outra dose e volto. Tem um idiota tentando o que dizem no vocabulário burlesco de relações íntimas, "xavecando". Sento, sem dizer nada e o mané continua, "patati, patatá" no ouvido da Ginger. Balanço a cabeça como se marcasse o ritmo do "patati, patatá" e fico articulando a boca fazendo careta. A Ginger parece achar graça. Definitivamente ela é muito fraca para bebida.

— O que foi, cara? – o mané de QI 50 finalmente se toca.

Sem responder, eu tomo mais um gole. Olhar para o idiota seria como depreciar o funcionamento da minha retina.

— Ei, esse é meu namorado.

— Seu namorado? O que uma gata como você está fazendo com esse idiota?

— Ora, simples. Além do sexo regular, veja só, ele é perfeito. Interpreta muito bem essa estátua de cara emburrada. De assustar, não é? É a carranca em pessoa.

A Ginger evita o que seria uma briga certa (porque ela me conhece) e o mané, que precisa urgentemente de um transplante de neurônio, afasta-se achando que a Ginger é louca.

— Eu sei que você gosta de comida natural, mas não deveria ficar conversando com vegetais. Aí já é demais.

— Muito engraçado.

— Acho que você deveria ter continuado a conversa com o acéfalo. Aposto que no seu tempo de faculdade não teve oportunidade de estudar tão de perto "um homem sem cérebro" – Enfatizo a última sentença.

— Você está muito engraçado hoje. Ele só foi gentil. Perguntou se eu estudava na Faculdade Metrópole.

— Sei. Só porque você é bonita, ele acha que estuda na mesma faculdade de bosta que ele. Sabe como se passa nessa faculdade? Você liga e pergunta: "Alô, aí é açougue?" "Não. Aqui é a Faculdade Metrópole." "Ah, desculpe, foi engano." "Não. Não é engano. Você já está matriculado."

— Hahahahahahahahaha. Essa foi boa.

A Ginger ri. Não era para ter rido. Como disse, o álcool está fazendo efeito. Daqui a pouco vem a fase emotiva. Guenta.

— Sabia que eu já tentei suicídio?

— E eu com isso?

Opa. Isso é reação de alguém depois de uma fala como essa? Na certa a Ginger não disse o que disse para mudar de assunto. Nem para provocar nenhuma comoção. Era uma confissão e das grandes. Mas ela parece não ligar para a minha grosseria.

— Eu tinha 17 anos. Ei, me traz mais uma caipirinha? De frutas vermelhas – Diz segurando o braço do garçom que passa.

Ao contrário do que pode parecer, de repente, ela parece ter acordado da bebida.

— Então, eu tinha 17. A minha vida era uma maravilha. Ótima aluna, filha exemplar, muitos amigos. Só que ninguém sabia que eu era uma daquelas pessoas que implodem ao invés de explodir.

— Entendo – eu entendia de verdade, mas por que eu tinha que dizer alguma coisa?

A Ginger fica olhando muito tempo para a mesa.

— Eu deveria ter ficado revoltada como você. Pelo menos teria aprendido a me expressar.

— Eu sou revoltado?

— Claro que é.

Saco.

— Opa, obrigada – ela pega a caipirinha, dispensa o canudo e vira quase o copo inteiro – Hahahahahahahaha.

Ela ri do nada e me desconcerta. O que aconteceu com a garota perfeita hoje?

— Como diria você, estou melancólica.

Bom, pelo menos continua lendo pensamentos.

— Eu tomei um frasco inteiro de calmante.

Eu vou ficando assustado. Ainda mais com a voz calma da Ginger.

— No começo, achei que poderia ter tomado o calmante da minha mãe, mas como boa filha achei que ela sentiria culpa o resto da vida. Então só usei a receita.

— ...

— Sabe o que pensei quando comecei a adormecer? – diz tomando um gole grande – Que eu tinha esquecido de devolver o vestido da May. Hahahahaha.

Logo em seguida ela baixa a cabeça e fica agitando com o canudinho o copo já vazio.

— Vamos, Sr. Fahrenheit, faça alguma coisa útil. Busque mais uma caipirinha pra mim, por favor.

Me levanto sem questionar. Eu nunca vi a Ginger assim tão... tão... triste. Do balcão eu vejo o mesmo mané se aproximar da mesa. A Ginger levanta a sua mão direita num gesto de "basta" e me parece falar alto para o idiota. O imbecil quase cai para trás tropeçando na cadeira e se afasta como qualquer boçal faria com o rabo entre as pernas.

— O que o morfético queria?

A Ginger não responde e praticamente retira o copo da minha mão. Eu realmente nunca a vi assim. Sento na frente dela novamente, também com outro copo de whisky que peguei. Ela continua bebendo em silêncio e esboçando leves sorrisos para si mesma de vez em quando.

– A grande dor... há uma pequena projeção de voz – quando eu comecei a adormecer...

Ela parece não coordenar mais os pensamentos.

— Eu pensei: "Finalmente deixarei de ser eu mesma". E pouco antes de perder de vez a consciência, uma fração de segundo que para mim durou uma eternidade, amassei milhares e milhares de vezes o meu bilhete de suicídio imaginário: "Eu nunca deveria ter existido".

De repente, brotam lágrimas dos meus olhos. A Ginger continua, após uma longa pausa.

— O seu pai.

— Eu disse... – mesmo emocionado, a minha reação parece ser quase involuntária.

— Cala a boca e me escuta. Sabe por que você sempre fica irritado e tenta me agredir quando falo disso? A sua dor. A sua dor máxima. Sempre a sua dor. Você acha que a dor dos outros é insignificante? Só porque a SUA DOR parece ter o grau máximo na escala do drama familiar? Você nem sabe quem você é. Você é egoísta e cego. A sua irritação de merda na verdade não passa de autodefesa. Quer saber? Você acha que quer descobrir a causa da sua dor. Mas no fundo você não quer. Na verdade você nem sabe o que quer. VOCÊ NÃO SABE QUEM VOCÊ É. A única coisa que você sabe fazer é sentir dor. Melhor e cada vez mais. Você aprimorou, a cada dia da sua vida, uma nova maneira de sentir dor. Uma nova forma, uma maneira mais eficaz de variar e aumentar a intensidade da sua dor. De modo que, se retirasse a dor de você, você nem saberia mais quem você é. Você é um caso de simbiose com a dor. Sabe por que é simbiose? Porque você tira o prazer, ou melhor, tira a razão de viver da dor. Você acha que está vivo porque sente dor. Por isso, se alguém retirasse de verdade a sua dor, ou você mesmo descobrisse e compreendesse a razão da sua dor, você não poderia mais viver. Você não sobreviveria. Malignamente, ironicamente, ou sadicamente, você tira da dor sua razão de viver. É a sua justificativa. Sem dor, você não existiria.

Fico mudo.

— A sua autodefesa não é contra sua dor. Pelo contrário, é a favor da sua dor. O seu ser de merda sabe que sem dor você não existiria mais. Você desmoronaria como um castelo de cartas, embora você se ache uma fortaleza de solidão. Sabe o que é pior? Você não vai entender nada do que eu disse.

Ela pede mais um copo de caipirinha. Já não consigo mais detê-la. Me sinto estranho.

— Veja só que interessante. A similaridade. Como sobrevivemos? Quando eu ainda não entendia nada disso, como sobrevivemos? Como conseguimos viver com tamanha dor? Alguém que perde um ente querido. Alguém que perde um filho. Um marido que perde a sua esposa amada. Um acidente fatal que mata seus amigos. Um pai que abandona sua família. Uma garota que faz aborto. Alguém que tenta suicídio. A minha dor parece maior do que a sua? A sua dor parece maior que a minha? Quem é você e quem sou eu?

Me sinto tonto. Sinto náuseas. A minha cabeça gira. Começo a passar mal. A Ginger pede água.

– Isso tá virando costume – ela parece se divertir – Tinha um coreano na FFLCH – Ginger diz atenuando a voz – a gente chamava ele de "Guru". Eu adorava conversar com ele. Um dia, na mesa com os outros, já todos razoavelmente bêbados, ele virou pra mim e disse: "Nascemos da mesma mãe-miséria. O que poderíamos fazer um ao outro, a não ser um pouco de conforto?" Nunca mais esqueci a frase.

Muito tempo se passa em silêncio. A Ginger continua bebendo. Mas de repente:

— Acho que hoje é meu dia de Mr. Fahrenheit mesmo. Vou embora.

Faço menção de me levantar e acompanhá-la.

— Não. Sr. Fahrenheit. Eu disse que hoje é MEU DIA de Fahrenheit. Vou embora sozinha. E não me siga. Por favor.

Ela coloca algumas notas na mesa e fica na fila para pagar. Até sair pela porta não dirige um olhar sequer para mim. Fico olhando para o copo de whisky.

— Meu.

Alguém toca no meu ombro. É o meu colega leproso cerebral.

— Caraca. Não fica assim não. Ela te deu o fora, né? Essa mina é foda!

Eu não entendo o que aconteceu. Eu não entendo o que ela disse. Me levanto subitamente e me apresso em pagar a conta. Saio procurando pela Gui. Eu a vejo na esquina, andando meio torta. Ela quase cai. Me precipito em direção a ela. Gui escora o braço direito no poste e se recompõe. Eu paro. Ela ergue o rosto, ajeita a bolsa e segue andando firme. Fico olhando ela desaparecer pela esquina. Me sinto um idiota. Não. Eu sou um idiota. Fico parado um tempão olhando para o chão, acompanhando na cabeça o itinerário até a casa dela. Só depois de muito tempo, ando pelas ruas, arrastando os pés sem nenhuma vontade. Toco mentalmente *Gabriel*, de Lamb. Chego a imitar baixinho a voz lamuriosa da cantora. Não acredito em anjo da guarda, essas coisas. Mas, naquele momento, desejei profundamente ser um, para acompanhar a Ginger até a casa dela.

Diário da Ginger

Eu não o conhecia. Mas podia ver que ele estava visivelmente perturbado. Abatido. Fiquei de cabeça baixa e remoendo também se eu não teria sido dura demais com aquele que eu tinha escolhido para ser meu cúmplice pelo resto da minha vida. Resto da minha vida... Bobagem. A diferença era evidente. Somos como água e vinho. No começo ele fazia eu sentir que finalmente tinha encontrado uma companhia e que era amada. Bobagem. Agora, era um relacionamento de conveniência. Onde foi parar o amor que eu achei que tivesse encontrado? Como me enganei por tanto tempo? Mergulhei numa apatia que achei que seria tragada pela pista escura. De repente, uma música que eu ouvi na semana passada passou a martelar na minha cabeça. Era isso. A música podia ser uma salvação. Decidida, me aproximei da cabine. Quando começou a tocar *Bizarre Love Triangle* fiquei feliz instantaneamente. Isso sim era vida. Então fechei os olhos e desejei. "Toca a música. Toca aquela música." Foi quando ele saiu da cabine. Interpretei como um sinal e interpelei: "você não vai tocar Kant hoje?" Tentei ser simpática ao máximo, escondendo a minha ansiedade. Afinal ele não me conhecia. Corrigiu-me dizendo que o nome da banda era Kent, e não Kant, e não sei se ele reparou, mas fiquei corada na hora. Também fiquei com receio de que ele me achasse uma ignorante. Ou uma garotinha mimada, sei lá. Mas percebi que era uma preocupação à toa quando vi que ele estava passando mal. Corri até o bar da frente para buscar uma garrafa de água. Então ele olhou para mim. E acredite. Eu me vi em seus olhos. Além da tristeza, tinha ternura, compreensão e, acima de tudo, um insistente pedido de socorro. Desejo de salvação. Mas não era o que eu queria desde o início da noite? Pode parecer pirraça por ter ouvido pela milionésima vez "vou ter que trabalhar" do Flávio, mas não era o meu vazio existencial se manifestando? A Sandrinha bem que me avisou antes de sair de casa. "Sinto que hoje vai acontecer alguma coisa". O mais engraçado é que quando ele, Mr. Fahrenheit, o nome que eu sei do flyer, conversava comigo, a música que tocava dizia a mesma coisa que nós falávamos. Quando ele falou sobre meu nome ser da Ginger Rogers, tocou "wisdom of fool won't you set you free." E, quando perguntei se ia tocar Kent de novo, tocou "you say the word that I can't say" e em seguida ele respondeu, "não". Mas o que ele não sabia, e eu também não, é que, diante da sua negativa, eu tinha encontrado o que estava procurando a noite inteira, talvez a minha vida toda.

"Como sobrevivemos?" "Como continuamos vivendo?" essas palavras não saem da minha cabeça. Como consegui sobreviver? Como ela conseguiu sobreviver? Por que ela me contou? Estava realmente melancólica? Queria desabafar? (Logo ela? E ela precisa disso?) Algo me diz que é a primeira vez que ela fala disso com alguém. Ou, se falou, deve ter sido com pouquíssimas pessoas. Eu não consigo entender. Como ela conseguiu sobreviver? Aliás, como ela conseguiu dar andamento à sua vida depois disso? Como ela conseguiu ser a pessoa que é, tendo tentado acabar com a sua própria vida? O que fez ela perceber? O que fez ela mudar? O que ela fez para entender? O que ela fez para se curar? Fico mergulhado em dezenas, centenas de perguntas que não consigo responder de jeito nenhum. Como ela conseguiu esquecer que já tentou suicídio? Ela bloqueou? Ela superou? Ela esqueceu? Como uma coisa dessas deixou de ter importância na sua vida? Como ela consegue viver como se nada disso tivesse acontecido? Como ela conseguiu? Hum... Se eu... Se eu conseguir encontrar a resposta, será que eu também, eu também conseguiria? De repente o que era um desejo secreto se transforma em esperança... Será que eu poderia... Eu não sei precisar. Na verdade, eu nem consigo imaginar. Não entendo e não compreendo como a Ginger previu. Eu não faço a menor ideia, para ser sincero. Mas o que mais me intriga é como para ela esse fato se tornou algo insignificante (não sei se realmente se tornou insignificante. Mas não me pareceu que, apesar da sua confissão e também do que conheço da Ginger, o que ela me contou fosse realmente importante na sua vida). Eu não consigo entender. Como? Como ela conseguiu? Como isso é possível? Sinceramente, analisando a Ginger, antes e depois da confissão, para mim não muda nada. Como se o fato em si não tivesse o menor significado. Então, a importância foi criada por mim? As pessoas criam a importância de acordo com a importância que os fatos têm para elas? Ou seja, as pessoas criam a importância baseadas em suas experiências? Ou no que a maioria determina? Existe um inconsciente coletivo para gravidades sentimentais? De repente, me sinto burro. Só consigo uma analogia mais ou menos decente. Imagine que você conte a história da sua vida. Num determinado espaço de tempo. Vamos supor que você vá escrever um livro da sua vida. O que você contaria e o que omitiria? O que você julgaria importante estar no livro para compor a história da sua vida e o que acharia desnecessário? Começo a contar história da minha vida mentalmente. O prêmio de redação que ganhei quando menino. As meias que ganhei de aniversário da minha mãe. Meu namoro com a Dani. O vestibular que eu passei. Quando comecei a discotecar. Meu encontro com a Ginger. Como veio a ideia do meu livro. O conto do rosto da montanha... Foi rápido. Mas só com esses fatos poderia contar a história da minha vida. Imagino que se ampliasse o tempo poderia colocar mais acontecimentos. Mas creio que só com essas histórias poderia resumir muito bem a história da minha vida e consequentemente quem eu sou. Curiosamente, ou previsivelmente, ou por medo ou por causa da dor (sendo agora extremamente franco), eu deixei de fora um dos acontecimentos mais importantes da minha vida. O meu grande problema. Mas, ao contrário da Ginger, eu deixei de fora não porque já não é mais importante, e sim porque eu quero que não seja importante. Ou melhor, eu não suporto. Tente você também contar a história de sua vida com alguns e poucos fatos. Qual você elegeria como fundamental para compor quem você é. Explicar quem você é. Percebe que aquele fato insignificante, um objeto qualquer, uma palavra à toa pode ter um significado enorme na sua vida? Ou, ao contrario, aquele acontecimento, talvez um incidente fatal que todos acham que teria uma influência enorme, não passa de uma bobagem para você? Aliás, como a memória ou, sei lá, nós mesmos, montamos a história de nossas vidas para definir quem nós somos? Mas, uma coisa é certa. O que faz com que o mote fatal da Ginger seja insignificante para ela e o meu mote fatal seja mortal pra mim? Esta pergunta, talvez esta pergunta seja o segredo para o que eu preciso saber. Mas, no momento, não é sobre isso que quero pensar. Preciso falar com a Ginger. Fico com medo de que isso signifique o nosso fim. O que eu poderia fazer com a minha vida sem a Ginger agora? Eu nem quero pensar. Pego o telefone e ligo. Só chama. Não atende. Nova tentativa. Nada de novo. Será que ela não está querendo me atender? Tento de novo. Nada. Fico pensando que ela vai ver a minha ligação e me ligar se realmente quiser falar comigo. Fico olhando para o telefone por um tempo, como se estivesse hipnotizado. Muito tempo passa. Finalmente o telefone toca.

— Gi... Ginger?

— Tá, tá, entendi, Paulão. Você não acha que você anda exagerando na bronca? Já te falei, aliás você viu que foi um acidente. Porra. Você não tem sentimentos? Qual é o seu problema? Teve problema na infância? Tá, tá, foi mau. Desculpe. Prometo que nunca mais vai acontecer. Ok. Tô pedindo desculpas. Tá, tá. Pode deixar. Eu levo. Falei que eu levo. Vou escolher sim. Pode deixar. Tá bom. Valeu. Abraços.

Desligo com força. Mas a minha preocupação com a Ginger é tamanha que a falta de educação do Paulão e a minha irritação desaparecem rapidamente. Fico olhando fixamente para o telefone. Quando tomo a decisão de ligar de novo, ele toca.

— A... alô? Ufa, ainda bem que é você.

— Nós precisamos conversar – a sua voz é fria e sem modulação.

— Sim. Precisamos.

— Vamos nos encontrar no Café Molina?

— Vamos?

— Que hora?

— Que horas são?

— Hum... São 9:20.

— Às 11 então?

— Tá.

Ela desliga e eu fico louco. Ela quer terminar. Ela finalmente percebeu que sou um idiota. O que vou fazer sem a Ginger? Logo agora que eu estava indo tão bem. Logo agora que a minha vida parecia estar entrando nos eixos? Mas o que foi que fiz errado? Toca o telefone novamente.

— Ginger?

— É. Pensei bem e acho que não precisamos nos encontrar pessoalmente.

Fodeu.

— Eu...

Eu??????

— Eu quero pedir desculpas.

Pedir desculpas? É assim que começa. "A culpa é minha. Mas não posso mais ficar com você." Merda.

— Eu não sei porque disse o que disse.

Opa. Pode ser que não seja...

— Vamos esquecer tudo isso. Vamos fazer de conta que ontem não aconteceu. Ok?

Ufa. Melhor, Hip, hip, Urra!

— Tu... tudo bem. Eu não entendi muito bem mesmo.

— Eu gostaria que você não comentasse com ninguém o que eu te contei. Bom, pensando bem, tanto faz.

— Tudo bem. Eu entendi que o que aconteceu não faz diferença para você.

— É mesmo? – sua voz fica alegre de repente.

— Sim. Você é a mesma pessoa. Não faz diferença.

— Você entendeu.

— Sim, entendi.

— Ok. Então nos vemos em breve.

— Sim. Hum... em breve quando?

— Breve.

— Quando? – insisto, você sabe por quê.

— Em breve. Preciso resolver uma coisa antes.

— Posso confiar?

— Nem precisa perguntar para os universitários.

O senso de humor dela voltou.

— Ok. Ah, quero dizer uma coisa... Obrigado.

— Obrigado por quê?

— Ah, obrigado, você sabe. Por você ter dividido a sua história.

Há uma pausa, mas ela sorri do outro lado, eu sei.

— Até, então.

— Até.

— Beijos.

Ufa, agonia e êxtase em dois minutos. Mas o que será que ela precisa resolver?

De fato eu achei a ideia de contar as histórias de nossas vidas a partir de fragmentos muito boa. E algo me diz também que vou esquecer de verdade esse episódio com a Ginger. Quer saber? Estou aliviado. Feliz. Penso em ligar de novo para perguntar se podemos continuar nos falando durante a semana. Sim, estou bobo. Ok, sou normalmente bobo. Mas me deixa com a minha "felicidade ingênua"? Pensei em algo. Que tal você tentar ordenar a sua vida com pequenos acontecimentos? Quem sabe você descobre algo que não sabia? Não seria interessante descobrir que as coisas que você achava que eram importantes ficaram de fora e o que acreditava ser insignificante entrou para a história de sua vida? Espera. Isso parece um pouco também com aquela ideia de não termos consciência de nós mesmos. Curioso. Mas, por que você não tenta? De repente, pode ter mais sucesso do que eu. Enquanto isso, vou ser bobo mais um pouco. Estou feliz. Muito feliz.

O início do fim

Fogo. Fo-go. Pronuncio lentamente a palavra. Essa é a alegoria mais próxima que vem à minha cabeça para expressar o que estou sentindo. Calor. É o que eu sinto quando escrevo. É o que eu sinto quando penso na Ginger. Arder em chamas. Queimar. Entrar em combustão. Transcender. Foi o que eu disse hoje também na aula. Aula? Sim, estou frequentando uma sala de aula. Não. Não é para aprender. E sim, ensinar. Surpreso estou eu. Eu, jamais em minha sã consciência, pensei que poderia ensinar algo às pessoas. Pelo contrário. A minha vida é um exemplo a não ser seguido. Não ser copiado. Muito menos a ser imitado. Lembra da surpresa da Ginger? Era isso. Ela me colocou como uma espécie de monitor para ensinar os adolescentes da periferia a escrever. Logo eu, que mal consigo escrever minhas coisas? Mas, quer saber? Por incrível que pareça novamente, estou gostando. Quando falo das minhas "convicções", sinto como se tivesse algo no meu estômago borbulhando. Entrando em ebulição. Deve ser o tal do fogo. Penso em levar um filme na semana que vem para eles assistirem. "Fahrenheit 451". Um filme sobre fogo. Um filme sobre transcendência. Um filme sobre identidade. De como nós devemos fazer da vontade o grande guia para as nossas buscas. Tentar. Acreditar. Justificar a existência. Fo-go. Por isso, eu resolvi deixar a chama me consumir. Ir até o fim com o que acredito. Quero ser um grande escritor. Ou pelo menos um que faça os outros terem mais e mais vontade de viver e fazer arder em chamas. Um que seja uma fagulha, uma esperança (que difícil), um que possa iluminar as nossas vidas na escuridão. Altruísta? Utópico? Piegas? Quer saber? Este é o meu sonho. Um sonho de um idiota que quer ser feliz. E, por incrível, que pareça, quero fazer os outros felizes também. Quer saber o motivo? Eu cansei de sofrer. Cansei de não saber por que estou vivo. Sobretudo, cansei de ver e viver a vida medíocre que os outros disseram que eu tenho de viver para ser feliz. Quando digo feliz (minha concepção de felicidade) é porque quero encontrar algo genuíno. Felicidade verdadeira. Algo verdadeiro. Como o que eu sinto quando escrevo e quando penso na Ginger. Deixe que eu seja piegas e ingênuo e deseje isso para os outros. Eu posso ser um idiota. Mas me deixe tentar. Eu quero isso. Quero do fundo do meu coração. É por isso que eu digo: "a única maneira de controlar a minha melancolia é continuar sonhando". Deixe que eu sonhe, acredite. Mesmo que tudo isso um dia vire fumaça. Sabe de uma coisa? Para aumentar o fogo precisa colocar mais lenha na fogueira. Por que você não se junta ao meu sonho utópico e quixotesco? Por que não transforma também a tristeza, ao invés de utilizar como combustível corriqueiro para a infelicidade um incentivo para desejar algo melhor? Esse sentimento. Essa sensação agora. Será que estou começando a entender como a Ginger conseguiu? Não sei. Sinceramente, eu ainda não compreendo. Sim, isso pode ser o início do fim. Para o bem ou para o mal. Mas algo me diz que o resultado não importa. Importa somente o momento em que entramos em combustão. O momento em que alcançamos algo. O momento em que nos sacrificamos para iluminar os outros. O momento em que nos incendiamos. Afinal, não somos jovens? Não somos saudáveis? Não somos viscerais? Não queremos engolir o mundo sem fatiar? Não queremos acelerar a 200, 300 km/h? Não queremos viver até a última gota? Não queremos nos cortar, sangrar e nos lançarmos do penhasco? Não queremos amar, ser amados, ser consumidos e consumados? Você não quer arder em chamas? Pois é. Afinal, quem quer viver para sempre?

— Oi, é uma questão de vida ou morte.

— O que foi? – respondo assustado.

— Estou em pânico! – Ginger grita como se realmente fosse um assunto vital.

— Calma. O que aconteceu?

— Estou indo aí. Só você pode me ajudar.

— O quê? Só eu...

Tu, tu, tu... Ela desligou. Por um instante fico pensando se devo ficar realmente preocupado. O que poderia ser uma questão de vida ou morte para a Ginger? Imagino milhares de coisas e situações, mas não consigo chegar a conclusão nenhuma. Fico apreensivo olhando para a porta como se ela fosse entrar a qualquer momento. Tento me distrair lendo alguma coisa, mas é difícil O que será agora, que parecia que estava indo tudo bem? Fomos ao cinema, ela adorou Truffaut e estou indo muito bem com o meu livro. O que poderia ser? Por que não me contou ao telefone? Por que só eu posso ajudá-la? O que será que poderia ser? Repito um milhão de vezes as perguntas, ora permutando as ordens, ora acentuando as palavras, até que ouço a batida na porta. "Mas por que ela nunca toca a campainha?"

— Ei, o que aconteceu? – Pergunto apressado.

— Um desastre. Estou perdida – diz largando a sua bolsa e um enorme fichário na mesa.

— Meu Deus. Você está me matando. Diz o que aconteceu?

— Então...

— Então?

— É assim.

— Fala logo! – explodo.

— Calma. Parece que você está mais nervoso do que eu. Na verdade, não é tão sério – diz quase rindo no fim da frase.

— Mas você disse que era.

— É. E não é.

Mulheres...

— Diga logo então.

— É assim...

Saco.

— Vai ter um desfile.

— O quê? Não estou entendendo nada. O que isso tem de vida e morte?

— Espera eu explicar. Você não entende nada de mulher.

Saco.

— No meu curso de moda, a gente vai fazer um trabalho. De conclusão do curso.

— Sei. Ainda não estou vendo a questão de vida ou morte – começo a debochar.

— É que você não tem sensibilidade e poder de dedução para isso. Escute.

Grrrrrrr.

— Cada um vai fazer um desfile. Com sua própria criação, modelo e tudo. E precisa escolher uma música. Todos da minha classe são tão descolados... Eu não sei o que fazer. Estou em pânico. Me ajuda?

— Hahahahaha. Você tá brincando que essa é a sua questão vital? Achei que tivesse acontecido alguma coisa grave.

— Olha. Se você estivesse na minha classe, entenderia. Eu morro de vergonha lá. São tão modernos e entendidos que eu me sinto uma caipira. Me apelidaram de "Cro-magnon" – ela termina corando.

— Entendo. Esqueceu que eu lido com esse "povinho" quase todos os dias?

— É verdade. Me ajuda?

— Hum... deixa eu pensar no seu caso... Aiai! – a Ginger começou a me bater de brincadeira – Tá, tá bom. Chega. Como vai ser o seu desfile?

— Vingança.

— O quê? Vingança? Esse vai ser o mote? Seria como *O Conde de Monte Cristo*, *Hamlet*, *Dom Casmurro*, *Duelo*, de Guimarães Rosa ou *Noite na Taverna*? – me empolgo falando mas logo percebo que "vingança" está mais para tema de escola de samba.

— Não. Como eles me pegaram no pé dizendo que eu era uma historiadora, essas coisas, resolvi fazer um desfile inspirado no período paleolítico.

— Hahahaha. Boa. Estilo Flintstones, é isso?

— Não exatamente. Vou te mostrar. – ela pega o fichário e me mostra – está vendo estes desenhos e fotos? Era como eles se vestiam. E aqui estão os meus primeiros esboços.

Fico olhando maravilhado.

— Eu não entendo nada de moda. Mas, isso me parece muito bom. Mas me diz uma coisa. Seus colegas te hostilizaram? Sofreu algum tipo de "bullying"?

— Não, não – responde rindo. – eles são inteligentes e divertidos. É uma maneira de brincar comigo. Tirar sarro, essas coisas. Mas quero mostrar que sou boa nisso.

— E pelo jeito você conseguiu.

— Acho que estou no caminho. Mas como disse, preciso de algo que arremate tudo. Quero que eles fiquem comentando além de "que desfile, gata. Arrasou!", "E a música que você tocou. Gente, tô bege. Eu não conheço! Me passa?" – Ginger fala imitando gay e eu caio na gargalhada.

— Hahahaha. Excelente. Por uma boa causa. Então, mãos à obra – pego o case e fico procurando – algo moderno. Gosto desse. "Stereo Total". Acho que vai fazer sucesso entre os fashionistas: é *cool* e tem um ar de deboche.

Coloco para tocar algumas músicas.

— Essa última, como chama?

— I Love You, Ono.

— É fantástico. Parece uma musiquinha de criança. Mas fala de sistema.

— É. Acho genial. Mas também tem esse. É mais conhecido dos fashionistas porque literalmente Karl Lagerfeld apadrinhou eles. Chama-se *Vive La Fête*. A música *Noir Désir* está começando a tocar na rádio dos moderninhos. Mas eu tenho um trunfo. Uma que ninguém tem. Escute.

Toco *Touch Pas*. As primeiras notas ecoam pela sala.

— Para, para! – Ginger grita.

— O que foi?

— Volta e coloca mais alto.

— Ok.

— Para, para – grita de novo.

— O que foi? Não gostou?

— Não é isso. Quero ver uma coisa – ela afasta a mesa de centro do fundo e volta – agora toca de novo.

A Ginger desfila pela sala com o corpo moldado por anos de dança clássica. Esguia e ao mesmo tempo altiva, anda como se flutuasse. Na virada, faz aquela cara blasé das modelos, mas, não se aguenta e me manda um beijo. Na volta, esboça toda a seriedade de quem acredita e confia. Em quê? No futuro. No desejo de mudar. No desejo de realizar. No desejo de viver até o fim. A minha sala, de repente, se transforma no lugar com mais vida que conheço. Quando a música termina, ela fica parada. Só após alguns segundos, vira o rosto e me encara. Com expressão séria, fica olhando para mim por um tempo. Eu já estava aplaudindo havia um tempão e tentando controlar o sorriso que já não cabia mais no meu rosto. Eu sabia. Ela seria. Ela colocaria o mundo aos seus pés. Ou morreria tentando. Na verdade, isso não teria a menor importância. Ela sempre sorriria. Ela simplesmente faria e conseguiria.

— É essa. É perfeita – Ginger diz, sem suspeitar que perfeita era ela mesma.

O que podemos fazer para a vida ficar melhor? Que esforço devemos fazer para que o nosso dia a dia melhore? O que podemos fazer para que as pessoas fiquem mais felizes? O que podemos fazer para sermos mais felizes? Ao sair do sebo penso na dificuldade de ser feliz, mas a facilidade de fazer com que as outras pessoas sejam felizes. Então, por que não tentar? Fico ansioso e já resolvo ligar.

— Er... Ginger?

— Que que é isso, seu Fahrenheit? Só podia ser eu, né?

— Então, estou ligando para convidar você para jantar.

— Como? Onde conseguiu o... – ela não queria me constranger.

— Fiz uns bicos.

— Sei... Onde pretende me levar?

— Deixa que eu escolho.

— Xi, estou com medo. Hahahaha.

— Engraçadinha. Te pego na sua casa às 9. Ok?

— Tá. Tudo bem. Até.

— Beijos.

— Beijos.

O tempo parece não passar. Fico impaciente tentando me distrair. Abro caixinhas e mais caixinhas de CDs procurando músicas que supostamente não estou procurando. De repente, um papel cai de uma das caixas. Claro, só podia ser mais um bilhete da Ginger. "Posso não entender você. Mas eu juro que vou tentar até o fim." Isso é sobre amor? É sobre compreensão? Ou é sobre como podemos fazer para a vida ficar melhor? Fico paralisado olhando para o papel e pensando. Prometendo a mim mesmo que eu também tentaria o mesmo. Bom, já é hora. Deposito o papel no potinho que preparei como reservatório dos bilhetes da Ginger. E, pela primeira em muitos anos, pego meu paletó mais ou menos apresentável e fico olhando para o espelho. Deve ser a primeira vez que faço uso desse espelho. Ajeito o colarinho da camisa sem jeito e fico olhando para mim por um instante. Desde quando adquiri este ar de quem está sorrindo? Eu estou sorrindo por mim ou pela Gui? É muito provável que eu esteja sorrindo pelos dois. Faço mentalmente a piada de preservar o espelho parando de me olhar e fecho a porta do armário. Era a hora de encontrar a minha imagem do espelho ao vivo, em cores e com muito mais brilho e reflexo do que eu. Ao entrar no elevador, pela primeira vez desde que a conheci, me dei conta de como somos parecidos, embora sejamos completamente diferentes. Semelhanças. Sim, antes de nos conhecermos, tínhamos a vida como ponto comum. Agora, definitivamente tínhamos uma outra coisa em comum. Amor. Nós nos refletíamos.

— Ei, esse lugar é muito caro – Ginger fica intrigada saltando do táxi.

— Já disse que eu fiz uns bicos.

— Que bicos são esses? – ela termina com uma risada que oscila entre curiosidade e piada de conotação sexual. Você entendeu.

— Ei, sem piadinhas, tá legal? Por que você não pode entender como um gesto nobre de um cara que está fazendo um agrado para sua... Vai. Curte o momento. Quando você acha que vou ser tão legal assim de novo? Além do mais, você me arrumou um outro emprego, né, não? Finge que é uma retribuição.

— Mas eles nem te pagaram ainda...

Grrrrrrrr.

— Ei, eu não ia te perguntar, mas que roupas são essas? Você vai casar ou vai fazer teste de... – Gui mal termina a frase e começa a rir.

— Eu diria que é mais ou menos por aí – abaixo o tom da voz de propósito.

— O que você está tramando?

— Ei, agora é minha vez de falar "ei!". Ei, dá pra você parar de ser chata e fingir que está achando tudo o máximo?

— Ok, ok. Para isso não preciso fingir.

Gui passa o braço dela no meu e subimos pela escada sorrindo. Tudo bem. Sorrir já se tornou um movimento involuntário nas nossas vidas. E, por um momento, olhei para ela e vi o exato momento em que abaixou a cabeça, fechando ligeiramente os olhos e sorrindo. Então tive um insight. Fiquei pensando que gravaria todos esses momentos como um álbum. Retirei um fotograma do filme que fiz mentalmente quando a Ginger descia a rua do cinema e colei lado a lado com este que eu acabei de ver. Pequenos momentos que ela nem sequer suspeita agora fariam parte do meu álbum de recordações. De modo que, quando eu sentisse saudades ou quisesse lembrar os momentos especiais com a Ginger, bastaria recordar esses recortes da vida. Inesperados, únicos e somente meus. E eu lembraria para sempre. Com nitidez assustadora, com ângulos inusitados e em situações inusitadas, eu teria um registro a mais do que simples imagens. Eu teria sentimentos. Num estado puro, bruto. Por isso, enquanto o porteiro abre a porta, eu colo com cuidado, no álbum da minha cabeça, a foto da Ginger sorrindo, feliz, *in natura*, imaginando que eu talvez tenha inventado uma fórmula para curar ou destilar saudades infinitas. "Bem-vindos". Era o meu álbum de felicidade eterna dos momentos fugazes.

Terminamos o jantar. Ah, você quer saber o que falamos no jantar? Acreditaria se eu dissesse que não me lembro? Na verdade, fiquei mais ouvindo do que falando. Para ser completamente sincero, fiquei emoldurando o rosto dela com a luz das velas e modulando a sua voz como faço na minha discotecagem. Teve uma hora que ela corou. Talvez por causa do vinho ou por vergonha de ter dito que estava falando demais. Pedi para que não parasse de falar, porque estava soando como uma música. Mas antes de ela corar de novo e agitar os cabelos levemente, gravei novamente essa imagem no meu álbum. Sorri e fiquei olhando por cima da conta, a cara de incrédula que ela fazia enquanto eu tirava o dinheiro da minha carteira.

— Onde... – Gui ia me perguntar de novo sobre o dinheiro, mas parou.

— Sim, para "onde" vamos.

Abro a porta do táxi e depois de deixar a Ginger entrar, vou até o motorista e cochicho o destino no ouvido.

— Que mistério é esse? Para onde vamos?

— É surpresa. Lembrei que um dia você disse que nunca tinha ido.

— Que lugar?

— Se eu te disser, não vai mais ser surpresa, né? – me divirto rindo.

Logo paramos e eu ajudo a Ginger a descer do carro.

— Agora tem mais uma coisa que quero te pedir para a surpresa ficar mais legal.

— O quê?

— Pode fechar os olhos até eu pedir para abrir?

— Hum... É necessário?

— Você vai entender. Melhor, você vai ver. Vai. Você pode entrar no espírito da brincadeira.

— Ok – ela sorri e fecha os olhos.

O ascensorista sorri ao ver a Ginger de olhos fechados. Ao subir no elevador, ele começa a balançar razoavelmente.

— Esse elevador balança sempre assim? – pergunto estranhando.

— Não. Só quando vai cair. Hahahaha.

Ficamos todos rindo pensando que estávamos num daqueles filmes de comédia escrachada.

— Ufa. Não caiu. Chegamos. Hahahahaha

— Hahahaha. Você é muito bem-humorado – digo.

— Valeu. E admire a... – ele para, percebendo que ia estragar a surpresa – vejo vocês na volta. Isso se o elevador não cair antes. Hahahaha.

Andamos rindo por um bom tempo.

— Agora só tem mais alguns degraus.

— Tá bom.

Finalmente subimos os últimos degraus.

— Agora pode abrir os olhos. Pronto.

— Nossa...

Por que ela disse isso? Porque ela está vendo uma vista noturna panorâmica de São Paulo. Estamos no Piano Bar do Terraço Itália. Alguns dizem que o Skye, do Hotel Unique ou o The View da Alameda Santos tem vista mais bonita, mas eu discordo. O Terraço Itália pode parecer antiquado, sem "gramu" como diriam os fashionistas, ou até brega. Mas a vista noturna daqui é imbatível. Aqui você tem uma das únicas oportunidades de ter São Paulo aos seus pés. Uma vista de quase 360º com todas as suas luzes, prédios e extensão de vista de todos os lugares de São Paulo. E pensar que muitos que moram aqui não conhecem este lugar.

— Isso. Isso é...

— Impressionante, não é?

— É uma das coisas mais bonitas que eu já vi na minha vida...

— E bem na sua cidade.

— É...

A gente escolhe a parte da janela que dá para a Paulista e ficamos olhando para o ballet dos prédios por um tempão.

— Nós não sabemos de nada, né?

— Não. – respondo.

— Somos tão pequenos...

— E frágeis.

— É...

De repente ela me olha emocionada.

— Obrigada. É uma noite fantástica.

— Ainda não acabou – fico vermelho.

— Tem mais?

— Mais ou menos... É que eu nunca fiz isso. Mas lá vai.

De súbito, me levanto, abaixo e fico de joelhos:

— Er... você quer namorar comigo? Errei...

— Errou? Por quê? Não quer mais?

— Não. Não é isso. O verbo namorar. Não existe "namorar comigo." Tinha que ser " Você quer ser minha namorada?"

— Mas já não estamos namorando?

— É que com essa sua história com seu ex.

— Entendo. Bom, nesse caso, deixe-me ver – ela faz uma graça que eu já esperava – pergunta de novo.

— Você quer ser minha namorada?

— Só com uma condição. – faz um pequena pausa – Promete que vai ser sempre assim?

Fico mudo e engulo em seco. Essa eu não esperava.

— Para sempre e sempre – respondo instintivamente, mas com voz profunda, ainda de joelhos.

— Chega de clichês românticos por hoje. Isso não combina com você.

— Ufa, ainda bem – me levanto rindo – mas me saí bem?

— Bastante. Só esqueceu de uma coisa.

— O quê?

— Agora pode beijar a sua namorada.

"Promete que vai ser sempre assim?" A frase da Ginger fica ecoando na minha cabeça enquanto a beijo. "Para sempre e sempre." Tendo como testemunha a minha cidade inteira, diante das luzes cintilantes e possivelmente diante da garota da minha vida, faço ecoar por São Paulo toda uma promessa que ficaria gravada para sempre em mim, até o fim dos meus dias. Eu amava. Finalmente eu amava.

— Ei, essa sua seleção não está feliz demais? – Floyd grita, entrando na cabine.

— O quê?

— *Setlist*. Mano.

Floyd é outro DJ que toca de vez em quando aqui. É gente boa.

— Ora, não sou oitentista puritano como você.

— Sei. Anyway, vou ter que tornar o clima um pouco mais miserável depois de você – ri, batendo em sua case.

Também fico rindo ao imaginar um monte de caras com capa preta (como a do Floyd) dançando literalmente com as paredes, daqui a pouco. "Miserável." É uma boa palavra. Eu diria que poderia ter sido meu nome inclusive. Pensando bem, foi meu nome por muito tempo. Talvez ainda seja. Tenho certeza de que ainda é, um pouco. Embora agora eu tenha encontrado um equilíbrio (o que na verdade, me dá muito medo porque fico pensando se eu a perder, o que vai e pode acontecer) uma sensação de instabilidade sempre volta a me golpear. Sim, uma sensação física. Como se fosse uma manifestação involuntária da dor que me acompanhou por muito tempo, como me lembrasse a todo instante "eu ainda estou aqui, vivo", como se fosse um vírus persistente, como se fizesse parte do meu corpo, como se fosse o último resquício latente que ainda restou, que me alerta, me aponta e me faz remoer a minha condição de eterno solitário. Embora, embora, embora, eu tenha a garota dos meus sonhos agora. Caralho! Tenho um insight (ultimamente frequente) enquanto penso nisso. Descobri por que gosto de discotecar. Gosto de discotecar porque é uma atividade solitária. Fico aqui na cabine tocando as músicas sozinho. É por isso que eu gosto. Tem mais. Quando toco é como se eu me comunicasse com as pessoas. O que eu não consigo em palavras eu tento fazer com as músicas. Meus gostos, meu conhecimento, meus sentimentos, eu tento passar para as pessoas na pista, na esperança de que me compreendam. Que me entendam. Discotecar na verdade é a minha forma de expressão. A minha tentativa de me comunicar com as pessoas. É por isso que gosto de discotecar. Na verdade discotecar é uma metáfora da minha vida. A reprodução exata da minha vida. Da minha condição de existência. Gosto de ser DJ porque é uma atividade solitária.

Sento no bar da frente e fico observando as pessoas.

— Toma – É Dimi oferecendo uma dose de Red.

— Valeu.

— Você está pensativo hoje. Não que nos outros dias você não esteja. Mas está diferente hoje.

— Como assim?

— Está com ar de preocupado, mas tem algo mais.

— Pô, Dimi, deu para ser sensitivo agora?

— Não tô dando nada, cara. Só quis dizer que me parece mais, como diria... sereno.

— Sereno?

— Meu, o escritor aqui é você. Eu não sei escolher a palavra certa. Você entendeu, vai.

— Entendi, sim. Eu pareço mais calmo?

— Não, não parece. Você está.

— E isso é bom?

— Olha, meu finado paizinho dizia. "Quando um homem encontra calmaria na tempestade é porque está pronto."

— Pronto pra quê?

— Isso ele não falou. Disse com tanta emoção e certeza que não perguntei. Porra. Você não acha que seria um estraga prazeres do caralho se eu perguntasse "mas pai, pronto pra quê?" – faz uma voz fanha no fim, muito engraçada.

Demos gargalhadas.

— Tomara que esteja certo.

— É. Vê se não estraga.

— Estragar o quê?

— Hello, hello, anybody home?!?!? Seu Fahrenheit, hoje o senhor está muito devagar, não?

— Do que está falando?

— Não é o que, é quem. Aquela que tem dois faróis verdes no rosto. Um sorriso radiante e um par de pernas de matar.

— Ei. Você está apaixonado por ela?

— Engraçado, Mr. F. Esse "F" podia ser de Filho da Puta, não?

— Entendi. Vou tentar.

— "Vou tentar." Depois não reclama.

Dimi se afasta para atender um grupo de garotos. "Sorriso radiante..." Quero zoar com ele comentando a frase, mas vejo que ele está ocupado demais.

— Sempre sozinho.

Alguém fala comigo.

— Para evitar companhias como a sua – respondo debochando.

— Ora. Bem que você gostou da outra vez.

Fico sem responder. É a Júlia. Eu a acho boba demais, alegre demais e feliz demais. Até tenho uma dúvida cruel. O que ela faz num bar de rock alternativo?

— Quer experimentar? – após um silêncio constrangedor, ela oferece a sua bebida.

Inclino um pouco a cabeça pensando. O que tem de mais para um homem sereno, calmo, um pouco de cortesia? Inclino a cabeça mais um pouco e alcanço o canudinho.

— É doce. Não gosto de bebidas doces – prestativo, mas não consigo evitar ser taxativo.

— Eu gosto. Gosto de bebidas doces.

— É que sua vida é doce. Então...

— Entendo. Por isso que você só gosta de bebidas amargas.

— Yep.

— Mas será que não pode existir algo que seja doce e amargo ao mesmo tempo?

— Sim. Existe – me surpreendo com o raciocínio rápido.

— O quê?

— Amor. Amor é doce e amargo ao mesmo tempo.

Podia ser por experiência, constatação empírica, a lei universal do sentimento amoroso ou simplesmente a vida. Mas, para mim, as palavras ditas com certa decisão estranhamente soavam como uma terrível profecia.

Telefone mudo

Lady Jazz: Por que você nunca me liga?
Mr. Blues: Por que você sempre me liga? (levanta a voz no fim)
Lady Jazz: Você não sente saudades?

Mr. Blues: Putz, esse sentimento não é algo que eu entenda. Você sabe.

Lady Jazz: Por que você não se esforça?

Mr. Blues: Você está brincando, né?

Lady Jazz: Você deveria me ligar de vez em quando.

Mr. Blues: Além de não ter costume, eu odeio falar no telefone.

Lady Jazz: Eu não sou um bom motivo para você mudar?

Mr. Blues: O que deu em você? Regrediu no tempo? Perdeu neurônios? Virou criança de repente? Já sei. Está com TPM.

Lady Jazz: Não... Já te ocorreu que eu posso estar carente?

Mr. Blues: Carente? Que espécie de estado sentimental é esse? Isso não combina com você.

Lady Jazz: ... Sinto sua falta.

Mr. Blues: (se derretendo) ... eu...

Lady Jazz: "Eu" o quê?

Mr. Blues: Nada.

Lady Jazz: Fala!

Mr. Blues: Eu... vou tentar ligar mais vezes.

Lady Jazz: Oba! Tá vendo? Doeu?

Mr. Blues: Engraçadinha. Mas isso não vai dar certo.

Lady Jazz: Por quê?

Mr. Blues: Isso não faz parte da minha natureza.

Lady Jazz: Qual é a sua natureza?

Mr. Blues: Um cara que não liga para as pessoas. Um cara que não tem assunto com as pessoas. Um cara que acha que nada é importante.

Lady Jazz: Mas promete que vai tentar?

Mr. Blues: Eu até posso ligar, mas acho que não vou conseguir falar nada.

Lady Jazz: Não tem problema.

Mr. Blues: Não tem problema? Se eu ficar mudo na linha, que diferença faz se eu não ligar?

Lady Jazz: Toda.
Mr. Blues: Toda?
Lady Jazz: Eu vou saber que você está. Que me ligou. Que pensou em mim. E que está tentando me agradar.
Mr. Blues: Como vai saber se eu não vou falar nada? Pra que serve um telefone mudo? Eu não sei falar.
Lady Jazz: Respiração.
Mr. Blues: O quê?
Lady Jazz: Vou saber que você está lá por causa da respiração. Vou saber que você está vivo. Vou saber que EU estou viva. Vai tentar?
Mr. Blues: ...

O deserto da espera

Mr. Blues: Alô?
Lady Jazz: Oi.
Mr. Blues: (irritado) Oi.
Lady Jazz: Que voz é essa?
Mr. Blues: É a minha voz, ora.
Lady Jazz: Não diga.
Mr. Blues: O que foi? (grita) Por que tá pegando no meu pé?
Lady Jazz: Foi o Paulão que te encheu, você falou com a Dani ou foi o seu senso de homem solitário-incompreendido-depressivo-autodestrutivo se manifestando?
Mr. Blues: Não enche.
Lady Jazz: Por que você está tão irritado?
Mr. Blues: Você disse.... Ah, esquece.
Lady Jazz: O que foi?
Mr. Blues: Nada.
Lady Jazz: Fala.
Mr. Blues: Você tinha dito que ia me ligar pra gente se ver.

Lady Jazz: Ah, foi isso? Desde quando você se importa em encontrar com pessoas?
Mr. Blues: Não fala assim.
Lady Jazz: Desculpe. Tive que fazer um monte de coisas e minha mãe me pediu para ajudar no trabalho dela.
Mr. Blues: Sei.
Lady Jazz: Eu não tô acreditando que você tá chateado porque eu não liguei. Isso não é do seu feitio.
Mr. Blues: Eu esperei.
Lady Jazz: Eu sei. Desculpe.
Mr. Blues: Eu esperei por muito tempo.
Lady Jazz: Desculpe mesmo. Mas vamos nos ver então?
Mr. Blues: Não.
Lady Jazz: O quê? Não?
Mr. Blues: Não.
Lady Jazz: Mas você disse que queria.
Mr. Blues: Sim. Eu queria. E muito.
Lady Jazz: Não quer mais?
Mr. Blues: Não.
Lady Jazz: Por quê?
Mr. Blues: Porque o deserto da espera cortou os fios.
Lady Jazz: Como?
Mr. Blues: É da Clarice.
Lady Jazz: Você não está fazendo isso de pirraça, não é?
Mr. Blues: Não.
Lady Jazz: O deserto da espera cortou os fios... Você esperou demais, não é?
Mr. Blues: ... Falamos amanhã.
Lady Jazz: Entendo. Beijos e me desculpe.
Mr. Blues: Tchau.
Lady Jazz: Tchau...

A Ginger enxuga as lágrimas muito emocionada. "Isso, isso é o que deveria ser amor de verdade, não é?" Creio que foi a segunda vez que escutei a Ginger dizer a mesma coisa num curto espaço de tempo. "É..." Creio também que essa foi a resposta que dei da outra vez. Estávamos assistindo a *Não Amarás* de Kieslowsky. Sobre um garoto que ama a vizinha de prédio. Fica olhando pela luneta e faz de tudo para vê-la. Mas a mulher não entende o porquê da devoção do garoto. A princípio acredita ser coisa da idade, ou perversão da juventude, mas percebe que pode não ser isso. Ela se depara com o que poderia ser um sentimento verdadeiro. Um amor incondicional. Um sentimento puro, muito esquecido no nosso mundo de amores fast-food. Vivemos no tempo em que o amor evapora ao invés de sublimar, termina antes de começar e o camuflamos, transmutamos e transfiguramos em algo que não podemos mais reconhecer. Mas, como disse, a cena final é realmente comovente. Ei, você não é dessas pessoas que ficam loucas quando alguém conta o fim do filme, não é? Para começar, isso não é um filme hollywoodiano. Nem tem segredo (aliás tem, da vida) ou uma reviravolta que vai fazer estragar a surpresa ou desperdiçar o tempo que você gastou com a bunda grudada no sofá. Mas, sinceramente, fico pensando. Num filme, o mais importante não é como o diretor conduz a história? (ou a própria história). Como ele conta e amarra com maestria a sua narrativa em imagens e palavras? O que eu mais gosto em um filme é, de verdade, a fluidez, o enredo, a condução narrativa, a inteligência, a sabedoria, etc, etc, e não o final em si. Ah, tá. Você está falando de diversão. Mas o assunto e o filme não são de entretenimento, você sabe. Aliás, eu tenho um argumento interessante pra gente pensar. Uma analogia entre a vida e o filme, que me ocorreu. Sabemos como todos nós terminamos, não? O nosso final. Sabemos o fim do filme de nossas vidas. Então, isso faz alguma diferença no entendimento da nossa história? Voltemos ao *Não Amarás*. A mulher vai até a casa do garoto, pois ele não aparece mais na casa dela. A velha que mora com ele diz que o garoto tentou suicídio (o motivo vou reservar. Estou querendo mesmo que você assista ao filme). A mulher pede para ver o quarto onde ele ficava. Quando ela entra no quarto, vê a luneta com que o garoto a observava. Ao olhar pela luneta, ela vê a sua própria imagem chorando alguns dias antes, quando derramou uma garrafa de leite na mesa. Era mágoa, dor, sofrimento, solidão represada se rompendo diante da banalidade da vida. Então surgia o garoto (que não estava no local no dia) e colocava a sua mão nos ombros da mulher como se dissesse "tudo bem". É isso. O amor podia ser um "tudo bem". O amor podia ser uma compreensão. O amor podia ser uma compaixão. O amor podia ser um perdão. O amor podia ser uma redenção. O amor podia ser uma dolorosa identificação. O amor podia ser uma sutil presença compartilhada. O amor podia ser uma morna e indelicada tristeza que transborda de um para o outro. O amor podia ser uma singela mão no ombro. O amor podia ser um simples "tudo bem".

— Mas acho que eu não sei o que é amor de verdade – ao invés da minha conclusão, verbalizo o que eu andei pensando nos últimos dias.

— Na verdade nunca saberemos, acho.

— Eu andei pensando. Sobre a minha insegurança...

— Você melhorou bastante não?

— Acho que sim. Mas uma outra coisa me incomoda.

— O quê?

— Que talvez eu possa estragar tudo.

— Sim.

— Eu percebi... – digo com certa vergonha – que tenho uma estranha tendência de querer estragar as coisas quando as coisas estão indo bem.

— A famosa autossabotagem. Eu não sei ao certo. Mas queremos manter as coisas, mesmo que sejam ruins, sempre do mesmo jeito.

— Pode ser.

Lembro do outro dia em que fiquei me segurando para não sair com a Júlia, mesmo não sentindo absolutamente nada e estranhamente acreditando que isso não configuraria traição.

— Conheceu alguém? – É. Não dá para enganar a garota que lê pensamentos.

— Na... não.

— Sei.

— Não Amarás. Talvez seja o único jeito – falo em tom dramático.

— Que tal "amarás com moderação?" Hahahaha. Não é só policiar?

— Pode ser.

— Pode ser não. Tem que ser.

O amor era uma obrigação? Um mandamento? Algumas regras da vida realmente estavam escritas nas tábuas sagradas? Algo ou alguém podia mandar nos sentimentos? Quem era o deus do amor? Por que as minhas perguntas parecem tão estúpidas? Se eu não sabia nada da vida, o que então eu realmente entendia do amor?

"As almas não se entendem. Os corpos sim.", dizia Bandeira. Mas se eu quiser uma comunhão de corpo e alma? A Ginger me beija com intensidade e eu levanto a sua saia com a mão esquerda fazendo-a subir até a cintura, deixando o seu corpo da cintura para baixo à mostra. Entre uma profusão de saliva, hormônios e secreções, este não é o momento mais humano e ao mesmo tempo mais divino das nossas vidas? O momento em que sentimos a suprema sensação de estarmos vivos. Não podemos justificar a nossa existência a partir deste momento? Mordo, belisco e pressiono com a língua um dos seios da Ginger tentando o equilíbrio exato entre dor e prazer. Meus dedos encontram apressados o sexo dela e deslizam para dentro num movimento irregular. E eu não sou nada gentil. O som de corpos em choque, entrecortado com silvos, gemidos e susurros se transforma em uma estranha sinfonia embalando a nossa dança de gestos inexatos, pegajosos e contrapostos. Mas não há nenhuma arte. A nossa finalidade é mundana. Não desejamos desafiar a morte, muito menos sentimos o medo da morte. Também não saberei dizer se combinamos o amor e o desejo. Hoje sinto somente o instinto. Atrito e fisiologia pura e simples. Subjugo a vontade dela ou ela me permite resistindo e faço-a sentir a inversa razão do prazer da submissão. Penetro-a por trás e deixo a loucura ordenar as nossas respirações que se tornam dissonantes.

Isso é instinto? Isso é uma celebração? Que as nossas almas se entendam depois do ato. Isso é uma festa regada ao nosso substrato maior da vida. Sem verbo. Sem sentido. Sem lógica. O único castigo se transforma em delírio em busca do gozo. Quero sentir a intensidade máxima que a vida consegue alcançar. Quero um sentimento reproduzido do máximo da vida. Isso é amor? Isso é sexo? Quando o sexo se transforma em amor e vice-versa? A cumplicidade vem do gozo ou da sensação de morte compartilhada? Nascemos de novo e por isso ficamos tristes? "Inventamos o amor para justificar a depressão pós-coito?" Quando tudo silencia à volta, deito-me, sentindo-me ainda mais humano do que quando comecei. Frágil, inseguro e ansioso. O amor deve ser o que fica antes e depois do sexo, criando a ilusão de continuidade. Roubando o mérito da linguagem do corpo para sua suposta linguagem universal, perpetuando a ingenuidade e o fanatismo pela obstinação cega do que seria um sentimento divino, imprescindível e transcendental.

Mas o que fiz? Eu amei? Sim. Eu amei. O máximo que um ser de carne e osso poderia fazer. Quando as almas ficam ausentes. Ou corpos presentes. Ou pode ser que tenha acontecido assim: Uma alma se entendeu com o corpo. Ou outro corpo se entendeu com a alma. Ou a alma se entendeu com a alma. Ou o corpo se entendeu com o corpo. Como saber? Não há como saber. Estavam todos misturados, entrelaçados, grudados, fundidos. Eram um só. Tudo junto. Mas mesmo assim pode ser que isso não passe de puro e simples sexo. Ou talvez... isso seja o amor. Talvez.

Não consigo dormir. Tento permanecer deitado, sem me mexer para não perturbar a Ginger. Só me levanto quando me certifico de que ela está dormindo. Inicialmente fico sentado no meu colchão disfarçado de cama. Um pensamento não me deixa. Sobre o amor e o desejo. Como o rei das analogias esdrúxulas, não consigo evitar traçar comparações. Mas desta vez recorro à lógica. Se o sentimento é emocional e incompreensível, nada melhor do que recorrer ao racional para torná-lo compreensível. Parece frio e calculista, mas algo me diz que isso vai desembocar em implicações sérias. Lá vai. O sexo pertence ao amor (é teoria dos conjuntos). Mas o amor não pertence ao sexo? Ou melhor, o sexo está contido no amor ou amor e sexo são conjuntos diferentes, de modo que existe apenas uma pequena faixa de intersecção na qual o amor e o sexo pertencem ao mesmo grupo? Cabulou a aula de matemática ou está me entendendo? Ou seja, apenas um grupo seleto de pessoas podem encontrar ou sentir amor e sexo ao mesmo tempo? Se transformasse isso em probabilidade, quantos por cento da população ou, se eu transformar amor e sexo em eventos, quantas vezes eu poderei sentir amor e sexo ou amor e desejo ao mesmo tempo?

Ao pensar nisso, tento aplicar à vida real. Na verdade, à minha vida, e percebo que em algum momento da minha vida aconteceu a cisão entre o amor e o desejo. De alguma maneira transformei o amor em algo como inocência, bem-querer, totalmente platônico, sagrado, puro. Com isso, o desejo ficou relegado a um sentimento (instinto) separado, incompatível com a minha ideia de amor. Foi assim que aconteceu com os meus últimos relacionamentos (antes da Ginger, claro). Eram apenas lampejos de amor e quase todos uma necessidade fisiológica (desculpe a franqueza). Eu escolhia as garotas de acordo com a minha preferência física, pois encarava a compatibilidade congênita de alma e de entendimento absolutamente nulo, impossível de acontecer. Como eu sabia que ninguém ia me entender, eu tinha apenas parceiros sexuais (desculpe a minha franqueza de novo, mas raciocinei à frente e acho que sei explicar isso. Junte depois). Mas como isso aconteceu? Foi a minha timidez da infância e da adolescência que converteu o amor inocente na definição de amor em que acredito? Mas a impossibilidade persistiu de tal maneira que tive certos inícios de relacionamentos em que achava impossível fazer sexo com a garota. Porque a ideia de sexo estragava a minha ideia de amor como sentimento puro e redentor (talvez seja isso que eu procurava). Confesso que até com a Ginger foi difícil tentar conciliar essa ideia. Amor e sexo. Como eu deveria juntar? Mas eu consegui uma vez (Ginger, você sabe, é a segunda). Dani foi um caso emblemático. Posso e devo confessar que eu tentei dividir a minha alma com ela. Eu quis formar a alma dela. Eu quis ser o professor de educação sentimental dela. Eu quis ensinar o motivo e a consequência da mesma dor que nos afligia. Talvez fosse a incompreensibilidade da dor da solidão ou da existência, talvez fosse uma tentativa de dividir algo indivisível. Eu queria que ela me compreendesse. Eu queria que ela me visse como sou de verdade. Eu queria que ela me compreendesse e, muito mais que isso, queria que compreendesse a si mesma. Porque eu me via nela. Também queria que ela se visse em mim. Por isso, mandei muitas, mas muitas fitas com músicas gravadas, presenteei-a com muitos livros, HQs, contei muitas histórias e escrevi muitas parábolas, contos e cartas. Eram transcrições de mim. Se juntasse tudo, com certeza poderia formar a minha imagem. Talvez formasse a imagem exata da minha alma. Materializado, eu seria uma espécie de *transformer* de fitas cassete, livros, papéis, fitas de vídeo e objetos pessoais estranhos. Pois bem. O que eu queria? Eu queria compreensão. Eu queria que ela me visse como sou. Que entendesse como sou. Isso para mim era o amor. Que só compreendi muitos anos depois, quando li *As Cabeças Trocadas,* de Thomas Mann. Ele dizia "A incompreensão leva à solidão". Era isso. Mais do que qualquer coisa, eu queria ser entendido. Queria deixar de ser solitário. Isso para mim era companhia de verdade. Isso para mim era completude. Isso para mim era o amor. Mas eu nunca mais encontrei nada parecido. Nem a Dani, que supostamente poderia entender, sinto que nunca me entendeu de verdade. Passei muitos e muitos anos tentando entender onde foi que eu errei (pois sempre achava que o erro tinha sido meu e que não eu fui bom o suficiente para ela) e por que as coisas não deram certo. Aliás, eu levei muitos anos tentando, de fato, consertar ou fazer dar certo. A nossa relação era como um diálogo adivinhado, invisível e sempre com um quê de ressentimento. Levei muito tempo mesmo para entender que, quando estávamos correndo um para o outro, não estávamos indo para um encontro e sim para uma colisão. Éramos explosivos da maneira errada. Eu era a pólvora, e ela o fogo. Não podíamos nunca, jamais, sobreviver um ao outro. E tentamos por muito tempo ficarmos juntos, vivermos juntos e nos "amarmos". Sofri muito até que encontrei mais uma frase do Mann. Sim, ele foi um dos escritores que salvaram a minha vida. A frase era mais ou menos assim: "eu deveria ter me apaixonado pela beleza dela e não querer que ela me compreendesse". Era isso. A compreensão era impossível. Se eu a tivesse amado simplesmente pela beleza (de fato, ela era muito bonita), eu não teria sofrido pelo problema da confirmação da minha identidade. Eu não precisava sofrer novamente a incompreensão. É isso. Nessa transferência de entendimento, ela me fez sofrer novamente pela incompreensão. Desta vez, escancarado, exposto e aberto como um sapo dissecado com tripas à mostra. Essa era a minha dor. Agora multiplicado como um cachorro morto que *A Benfazeja* carrega, ou o cadáver de um outro cachorro morto, que o professor de matemática faz questão de desenterrar, como o da Clarice. Eu era a minha própria vergonha. Uma aberração, agora exibido publicamente. Ela sabia. Eu sabia. Por isso, nós sofríamos. Sim, nós. Sei que ela também sofria. Éramos duas criaturas atadas, impossível de se separarem por bem ou por mal. Nunca podíamos saber se estávamos fugindo ou estávamos nos encontrando. Ela era minha bela e a fera. Eu era caçador e caça. Nós éramos dois anjos e demônios que transmutávamos de dia e de noite para que nunca mais nos encontrássemos. "Feitiço de Áquila". Éramos isso. Porém, no mau sentido. Se essa foi a minha grande experiência com o amor, então o que eu entendia de amor? O que essa experiência com a Ginger estava me ensinando? O que eu estava aprendendo com isso? Era isso o amor? Amor de verdade? Mas, afinal de contas, por que perseguimos tanto isso? Por que não podemos suportar o fardo da "inexistência" sozinhos? Por que precisamos de outro? Por que precisamos de confirmação de identidade? Por que, se nascemos sozinhos, queremos passar a vida com alguém? Por quê? "Hum..." A Ginger se mexe no sono. Será que estou pensando alto demais? Bobagem. Espero ela parar de se virar na "cama", ajeito a minha cadeira e mergulho novamente no pensamento. Mas, desta vez, num complicado. Bem complicado. Sobre a natureza do amor com a Dani. De por que eu sempre a procurava apesar de saber do fim previsível de dor e sofrimento. Aí está. Por que eu corria e ela fugia? Por que eu corria ainda mais quando ela fugia? Como o desespero se transformou em amor? Ou sinônimo de amor? Que tipo de amor doentio era esse? Mais misterioso do que isso, por que diabos ela corria de volta? Um ponto em comum. Nós tinhamos crescido em lares complicados. Meu pai... e também o pai dela foram ausentes de certa forma. Talvez a falta de amor que nós sentíamos (que, na minha opinião, é o molde maior do amor, o exemplo que gera o significado do amor) tenha se transformado numa espécie de significado torto do amor. Opa! Tem algo aí. Isso mesmo. Acabamos de identificar como amor, a ausência. A ausência para nós se tornou sinônimo do amor. A indiferença se transformou em sinônimo de amor. É por isso que, quando ela me ignorava, eu ficava louco. Eu achava que isso era o amor! Eu confundia isso com amor! Deus... Então... ela... nós éramos uma espécie de desvio de conduta do amor. Tentávamos encontrar, ou melhor, reproduzir a experiência de abandono ou ausência como sentimento maior das nossas vidas. Ao pensar nisso, tudo parece clarear. Eu tinha desperdiçado dez anos da minha vida tentando consertar o meu problema pessoal? Meu trauma? Não consigo mais prosseguir raciocinando. Eu tenho vivido tudo errado até agora? Fico estático, me sentindo estranho. Mas o que isso importava agora? Eu não deveria me concentrar no que tenho agora? Mas que descoberta... Que história. Então a Ginger tinha razão? Não era sobre a solidão, e sim sobre o amor? O que vem agora? Olho para a Ginger, que está deitada no escuro. Tudo está escuro. Mas por que diabos não consigo ter certeza? O que era esse sentimento estranho, que sempre vem à tona, beirando entre a incerteza e a indiferença? Como eu poderia não ter certeza sobre ficar com a garota dos meus sonhos? Se eu consegui romper o ciclo vicioso com a Dani (espero ter conseguido mesmo) e ainda mais com essa descoberta, será que também conseguiria acabar com essa ideia recorrente sobre a Ginger? Fecho os olhos e deixo a minha mente silenciar. Passam-se alguns minutos. E novamente... Putz! Ando tendo muitos insights ultimamente. Não acredito. Finalmente entendi a música... Música? É. É que essa música tem a ver com o que eu pensei. Na verdade, era a resposta à minha pergunta. A resposta (quase resposta) estava o tempo (quase) todo à minha frente e eu não tinha percebido. Mas agora, finalmente tinha entendido a música. Tateio no escuro a estante, tentando encontrar o CD. Ligo a luz do celular e lanço um olhar para a Ginger com medo de que ela acorde. Encontro rapidamente o CD de capa azul. *The Mission*. Agora precisaria de fones de ouvido. Mas a caixa com fones de ouvido está do lado da Ginger e fatalmente ela acordaria. O jeito mesmo é ouvir baixinho. Ciclo vicioso. Ideia recorrente. Roda. Era isso. Eu nunca tinha entendido por que a música se chamava *Butterfly on a Wheel*. Borboleta em cima de uma roda. Sabia que a música era sobre o amor. Mas eu nunca tinha conseguido entender essa metáfora: "borboleta em cima da roda". Coloco o CD e ajusto o volume. A música começa a tocar e tudo faz sentido. "O Amor é uma borboleta em cima de uma roda." Até repito baixinho como quem sorve um gole de bebida.

— Ei, o que você está fazendo aí? – A Ginger acordou.

— Er... mú... Estou fazendo algo importante.

— Está louco? Está ouvindo música?

— Não é qualquer música. É que... descobri algo importante. A borboleta em cima de uma roda. A roda está girando.

Mas a borboleta permanece em cima da roda. No próximo instante, quando a roda girar, vai esmagar a borboleta. Mas a borboleta pode sair voando ou ser esmagada. O amor é esse instante ambíguo. De ser esmagado ou sair voando. – falo rápido, e claro, empolgado com a descoberta.

— ... Pelamordedeus, vai dormir – ela deita, provavelmente não entendendo nada.

Fico sorrindo e ouvindo mais um pouco a música até que aperto o botão stop. Caminho até a "cama", e antes de dormir, lembro mais uma frase que mudou a minha vida: "não trocaria minha tristeza pela alegria dos homens", de Gibran Kalil. Eu queria compreender e não me anestesiar. Eu jamais trocaria, em hipótese alguma, a minha tristeza pela alegria banal e fútil dos homens.

Acordo antes da Ginger e fico escrevendo. Estranhamente, o que escrevo coincide com a revelação de ontem. Isso era a escrita ou a vida? Estou fazendo uma confissão, uma terapia ou um registro? Estou fazendo isso de propósito? Como algo tão pessoal pode ser relevante para quem vai ler? Talvez só vou saber quando o livro for publicado. Se for publicado. Desanimo um pouco, mas continuo escrevendo. Será que um dia meu livro estará nas livrarias? Eu adoraria ver meu livro na vitrine na Livraria 5ª Avenida da Paulista. Até penso em fazer a capa do livro lá. Eu de costas olhando para a vitrine. Uma metalinguagem ou participação especial. E o Porsche vermelho, passando em frente a toda velocidade.

— Bom dia! – obviamente é a Ginger – Ei, o que foi aquilo ontem, você escutando música de madrugada? – diz se espreguiçando.

— Foi nada. Um insight.

— Sei – ela me olha estranho, mas não pergunta mais e não insiste no assunto – que bonitinho escrevendo.

— Preciso escrever, né? Eu coloquei um prazo. E estou atrasado.

— Isso mesmo. É preciso se aplicar – ela pega suas roupas e entra no banheiro.

Eu continuo escrevendo. Após algum tempo a Ginger sai amarrando uma fita vermelha no cabelo e diz:

— Ah, eu ia te pedir uma coisa.

— O quê?

— Não. Continua escrevendo que eu procuro.

Ela vai até a estante e fica procurando não sei o quê.

— Ué, não está aqui.

— O que é que não está aí? – paro de escrever.

— Sandman. Eu queria fazer um estudo das roupas dos personagens. Acho muito legal. Aliás, onde foram parar as outras HQs?

— Er... eu vendi.

— Você vendeu? Vendeu como? Você adorava – após uma pequena pausa – Entendi. Foi aquele jantar não foi?

— Foi.

— Por que fez isso? Não precisava. Você adorava *Sandman.*

— Para ser sincero, eu gosto até certo ponto. Os números finais eram péssimos. E não acho mais Neil Gaiman genial. Gosto muito mesmo. Foi importante pra mim. E, de verdade, não tenho esse apego todo. Embora sejam livros. Além disso, está tudo aqui guardado na minha cabeça.

— Obrigada...

— Não tem por que agradecer. Fiz porque quis. Queria que você tivesse ficado feliz.

— E eu fiquei.

— Tá vendo? É isso que importa.

Gui abaixa a cabeça e fica pensativa.

– Isso parece um pouco aquele conto do O. Henry – continuo.

— Como é?

— Chama-se *O Presente dos Magos*. Tem um casal. O homem tem um relógio, aquele de bolso. É herança. Mas infelizmente não tem corrente. Então fica com medo de perder o relógio que tanto gosta. E a mulher tem um cabelo longo, belíssimo. Tão longo que fica facilmente embaraçado. E isso a chateia. O homem fica pensando que um dia compraria uma linda presilha de prata para ela poder prender o cabelo. Na véspera de Natal, o homem toma uma decisão. "Para que serve essa vaidade, se eu nem consigo presentear a quem amo?" Ele vende o relógio e compra uma presilha de prata. Corre para encontrar a sua amada. Chegando lá, ao receber a presilha a mulher chora. No começo ele acha que é por causa da emoção de ele ter vendido o relógio para poder comprá-la. Mas tem algo mais. A mulher retira o lenço que cobria o seu cabelo e mostra a corrente que ela tinha comprado para o relógio do namorado. Ela tinha vendido o cabelo dela.

— ... É muito bonito...

— Mas, mesmo que tenha lágrimas, não vejo tristeza nessa história. É uma história de amor. Eu aposto que depois eles riram e choraram ao mesmo tempo abraçados.

— Eu aposto que sim, também.

— E ao ver a sua fita lembrei de uma outra história.

— Conte. Gosto de suas histórias. Aliás, de como você conta – ela se senta de frente para mim, puxando a cadeira.

Eu poderia me apaixonar novamente por ela só com essas palavras e o gesto. Aliás, tenho certeza de que vou me apaixonar muito, mas muito mais vezes, enquanto estiver com ela e também quando não estiver mais com ela.

— Só não tenho certeza se também é do O. Henry. Mas chama-se *Fita Amarela* – aponto para a fita dela, justificando porque lembrei da história, embora seja de outra cor.

— Continue.

— Uma senhora está viajando de trem. Do lado tem um rapaz muito nervoso, apreensivo. À medida que a viagem prossegue, o nervosismo dele fica cada vez mais evidente e quase incontrolável. Então ela pergunta: "por que você está tão nervoso?". De início ele reluta em contar, mas algum tempo depois o rapaz conta sua história, também como uma maneira de diminuir o nervosismo. Ele diz que esteve preso por sete anos. E quando foi preso estava noivo de uma garota. Eles se corresponderam durante todos esses anos, mas havia seis meses que as correspondências cessaram. De modo que ele não recebia nenhuma carta fazia seis meses. Mas, antes da correspondência ser interrompida, eles fizeram um trato. Quando ele fosse solto, ele passaria de trem pela cidade onde eles moravam. E, se ela ainda o amasse, amarraria uma fita amarela no topo da árvore mais alta que fica em frente à estação. Se ele visse a fita, desceria do trem, pois ela estaria esperando por ele na estação; caso contrário, ele seguiria sua viagem. E ele estava apreensivo porque estava chegando perto da cidade.

— E aí??? – Ginger me pergunta também apreensiva.

— À medida que o trem ia se aproximando da cidade, a senhora também ia ficando nervosa, apreensiva. Será que a fita estaria lá? Será que ela ainda o amava? Então, o trem fez a última curva antes de entrar na estação. E o que se viu foi comovente. Não só uma fita amarela, mas em todas as árvores da estação flamulavam fitas amarelas.

— Lindo...

— E eu acrescentei a minha versão no fim.

— Qual?

— É que não sei mesmo como o conto termina exatamente. Então eu acrescentei uma linha. O ponto de vista da senhora que acompanhava o rapaz. "E assim, por um momento ela acreditou na existência do amor."

— Você é um ótimo escritor. Ok, você "será" um ótimo escritor. Sabe por quê? Não é a escrita em si. Palavras difíceis, sintaxes e reflexões complexas. Você entende o sentimento exato. E sabe reproduzir com a intenção exata. Sinto que você terá muitos leitores.

— Tomara. Preciso comprar meu Porsche – brinco.

— Essa história do Porsche. Mas, se você tiver muitos leitores, terá seu Porsche, não?

— Sim. Eu já sei até a placa. Será RED 0005

— Por quê? A cor eu sei por quê. Mas, e o número?

— É o número da nave do Skywalker que destrói a estrela da morte.

— Hahahahaha. Só podia ser você. Posso dar uma volta?

"Dar uma volta?" Opa, isso me deu uma ideia. Acho que ela vai gostar. Surpresa.

— Mas é claro.

— Assim? – ela pula e senta no meu colo.

— Sim, com certeza – nos beijamos.

Algumas coisas andaram acontecendo. Significativas em termos qualitativos e não quantitativos. Em curtíssimo espaço de tempo. Achei que o melhor é fazer um resumo do que contar tudo. Logo, resumo: começou no The Passenger uma garçonete nova. O nome dela é Jaqueline. Muito gost... Avantajada. Ela ia e vinha, e Dimi e eu não conseguimos tirar os olhos dos... e da... Acho que você entendeu. A Ginger estava no Passenger. De repente aconteceu o que eu temia. Cisão entre o amor e o sexo. Vou ser explícito. Queria fazer sexo com a Jaqueline embora soubesse que amava a Ginger. Eu não entendia mais nada. Saí sozinho dando a desculpa de que não estava bem, e de fato não fiquei bem. De repente, a dúvida amor/sexo se transformou em crise existencial e acabei bebendo mais do que devia. Fui milagrosamente resgatado pela Ginger, dormi, acordei e estou aqui, no momento, deitado no bom e velho colchão disfarçado de cama, curtindo uma mega-ressaca. Na verdade, muito mais ressaca moral. Mas, o que ontem à noite era remorso, ao acordar se transformou em um pouco de raiva. Por que a Ginger sabia tudo e eu não? Por que eu era o idiota de sempre e ela a sabichona? Embora ela realmente estivesse certa em tudo e eu completamente errado (inclusive esses raciocínios), por que não consigo parar de sentir esse início de raiva que não para de crescer? Ela só me ajuda e só me faz bem, afinal por que diabo eu deveria sentir a raiva? Ontem jurei amores, hoje sinto ódio? Afinal, o que são seres humanos? Falando em ontem, ontem mesmo, antes de encher a cara, quando andava pelas ruas, embora sentisse muita tristeza a ponto de chorar, comecei a rir escandalosamente. Dando gargalhadas como um louco. Sinto a condição novamente. O amor também podia se transformar em ódio? E o pior. Num piscar de olhos?

— Fiz um café forte.

Vou tomar um banho antes – levanto sentindo o rancor na minha voz, mas disfarço com uma frase curta e caminho até o chuveiro. Ódio? Se o excesso de alegria podia se transformar em choro, o excesso de tristeza em riso, poderia o excesso de amor se transformar em ódio? A água vai caindo e parece martelar a minha cabeça. Na verdade, o jato de água mais parece pregos caindo. A minha cabeça dói e eu sinto cada vez mais raiva. Que diabo somos? Que criatura frágil nós somos? Nem sequer sabemos e temos controle do que sentimos. De onde vem a minha raiva? Onde foi parar o amor que eu estava sentindo? Mas porque ela não pode me deixar viver do jeito que sou? Eu quero errar, encher a cara até cair e não me importar com nada. Para que esse maldito livro, essa vidinha de merda e minhas patéticas tentativas de continuar em pé? Por que não posso cair? Quem disse que não posso cair? Sento no chão do box. Deixo a água golpear ainda mais a minha cabeça. Vida, a maldita vida.

Não sei quanto tempo passou. Ouço batidas na porta. Levanto-me anestesiado. Enxugo-me sem nenhuma vontade, mas aos poucos a passagem da toalha vai se tornando áspera. Ainda estou com raiva. Abro a porta com força exagerada, sento-me na cadeira e continuo enxugando o cabelo.

— Você demorou... – Ginger parece sentir a minha raiva.

— ...

Ela se aproxima e laça meus ombros com seu braço. Eu a afasto subitamente. A Ginger fica sem reação.

— O que você está fazendo comigo?

— Como assim?

— Por que você fica me enchendo de esperança? Você não sabe que sou um perdedor?

— O que deu em você?

— Escute – seguro no braço com mais força do que deveria – o que você vê? – quase repito a frase de ontem, porém no sentido oposto e estrago tudo.

— Você está me machucando – eu a solto.

— Por que você insiste? Por que você insiste? Não percebeu que nunca passarei de um grande perdedor? Aquele que sempre vai te decepcionar? Que no grande fim vou fraquejar? No fim vou estragar tudo. Você não percebe? – ela desvia o rosto.

— Olha pra mim! Olha! Você não vê? Se eu tivesse algum resquício de ... eu já não estaria bem? O que você vê em mim a não ser fracasso? O que foi a minha vida a não ser fracasso?

— ...

Fico um tempo em silêncio, mas continuo.

— Você... você me controla. Você quer que eu seja uma pessoa que não sou. É evidente que você é muito mais inteligente do que eu. É evidente que você sabe mais do que eu. Você me manipula para que eu seja a pessoa que você quer, não é??

Ela está prestes a chorar, mas continuo falando.

— O que você quer é um homem perfeito. Encontrou em mim uma massa maleável. Um boneco ingênuo. Um sonhador bobo. Mas você nunca soube do idiota, bêbado e fracassado que sou. Soube, sim, mas ignorou. Mas, e se eu quiser ser um bêbado fracassado? Você vai respeitar meu livre-arbítrio? Você vai continuar gostando de mim, mesmo assim? – respiro – no fundo sou seu reflexo, não é? A sua parte ruim. Você quer que eu me redima. Melhor, você quer me redimir para que você também possa se redimir. Acha que me consertando pode se consertar também. Não é o que você está fazendo? Sou seu experimento máximo, não sou?

O que acontece? A Ginger está chorando. Muito. Como quem não sabe mais como expressar tanta mágoa. E eu... eu sinto, na verdade sinto não como indivíduo, e sim como gênero humano. A grande consternação de ser tão frágil, tão inseguro e miserável. Eu choraria junto se pudesse. Eu me prostraria diante dos seus pés se pudesse. Se eu pudesse desaparecer para sempre da sua vida, eu o faria. Mas eu era a sua miséria. Ela era a minha miséria. Éramos dois náufragos tentando se apoiar um no outro para escaparmos do inevitável afogamento.

Por fim, entre soluços e tristeza infinita, Ginger balbucia as palavras que desmontariam a minha estupidez e marcariam para sempre a minha alma:

— Agora me responda... Afinal, pra que serve o amor?

"Salve-me do meu coração insano", teria dito Joyce. De joelhos no chão, penitencio o meu maior pecado agora, não mais oculto: a soberba. Eu era um monstro de ignorância patinando no meu próprio estratagema de vaidade. Até quando porém precisaria me arrastar no obscuro vale das minhas sombras, sendo refratado e refletido com sabedorias obtusas adquiridas de maneira errônea? Eu não pensava, eu não refletia, eu nem sequer sentia. Eu era um completo cego, um vislumbre da caverna de Platão, enxergando com os dedos o mundo de cor. Formado ao longo do tempo, por muito tempo, torto, resignado, ignorando o verdadeiro sentido de estar só, compreendia tudo errado. Tinha apenas uma única verdade que eu acertava mais por convicção do que entendimento: estalactite. Estalagmite. Eu era o que se forma em cima e embaixo da caverna, de tanto pingar solidão. Mas quantas quedas são necessárias para eu compreender a minha natureza de gota d'água? Quantas vezes eu preciso desmoronar para compreender a fragilidade das minhas convicções? E quantas vergonhas eu preciso sentir para recobrar o sentido dos meus erros? Eu estava arrependido ou estava derrotado? Quanto tempo o fio de egoísmo que ainda escorre da minha alma demoraria para formar novamente um oceano de ignorância onde eu voltarei a mergulhar? Até quando vou ficar oscilando na montanha russa dos sentimentos, tomando decisões e fazendo julgamentos errados? Quando vou fazer a coisa certa? Quando? Continuo de joelhos até me mortificar. Depois de muito tempo me levanto debilmente e sento-me na cadeira. Mas continuo mais ajoelhado do que nunca. Deslizo as mãos e a cabeça deitando na mesa. Coloco a cabeça entre os braços dobrados, encostando um dos lados do rosto no braço esquerdo. Penso na Ginger. Como deve ter sido doloroso ficar ouvindo minhas baboseiras. Algo se contorce dentro de mim como se fosse uma faca afiada. E agora? Chegou ao fim? É assim que termina a minha estupidez máxima? O que será que a Ginger estaria pensando? Ela saiu pela porta sem dizer uma palavra. Fiquei ouvindo o barulho do salto se afastar pelo corredor. Lutei para não sair correndo atrás dela. Depois, fiquei sem forças para ir até a janela e vê-la desaparecer na esquina. Mas o que será que ela estaria pensando? Será que ela pensou em me perdoar porque compreendeu por que eu dissera tudo aquilo? Ou na intensidade da escala de perdão e do gênio tempestivo dela o que fiz é algo imperdoável? O que será que ela estaria pensando? Às vezes, eu acho que eu a entendo e às vezes acho que não a entendo. De jeito nenhum. Deve ser a porção que eu ainda não sei e que não aprendi. Mas o que será que ela estaria pensando? Tento levantar dezenas, centenas e milhares de hipóteses, mas chego à conclusão de que nunca vou saber. Eu não vou saber e não vou entender. Sinto mais um pouco de derrota. Deslizo um pouco mais a cabeça deitando o tronco completamente na mesa. O que mais eu poderia fazer? O que um idiota, um perdedor como eu poderia fazer? O que um insipiente como eu poderia fazer? O que eu poderia fazer para mudar isso???? O que eu posso fazer para consertar tudo isso???? Eu grito, embora estivesse completamente imóvel e em absoluto silêncio. Contorço novamente todas as dores e enrubeço tanto de vergonha que pareço afundar na mesa. Mas o que há depois da queda? O que é que posso fazer depois de tudo isso? O que tenho feito todos esses anos para me erguer novamente? O que tenho feito para consertar as coisas? O que tenho feito para remediar e voltar novamente para o caminho certo? Procuro similaridades, como a Ginger teria dito. Por que comecei a escrever? Por que quis prestar um vestibular difícil? Por que quis viver do jeito que eu realmente queria? O que me fez arder em chamas nos dias e noites em que ninguém acreditava em mim? "Tentar!!!", levanto subitamente. "Mas como?" Sento-me subitamente também. Ok, pode rir. Para mim também foi engraçado. Mas a situação continua séria. Mas o que eu poderia tentar? Tentar o quê? O que era "tentar"? Agora, quase na posição de *O Pensador*, tento pensar sobre arder em chamas, de Bukowski. Qual era o meu verdadeiro desejo. O que eu realmente queria. Eu quero a Ginger de volta. Do fundo do meu coração, era isso que eu queria. Eu queria ouvir suas risadas soltas ressoar pela sala, seu jeito espontâneo de me abraçar quando menos espero, sua voz sempre alegre em contraste com a minha sempre sorumbática e grave. Queria ver novamente como ela abaixa e inclina a cabeça quando sorri e coloca o cabelo por trás da orelha. Queria sentir a sua intensidade de vida irradiar por onde ela passa. Queria aquele olhar penetrante me fitando, ora severa ora compreensiva, me fazendo entender o que eu não sabia. Eu a queria na minha vida como nunca quis ninguém. Eu queria ficar com ela por mais tempo de vida que pudesse. Tinha receio de dizer, mas eu a queria para o resto da minha vida. Já não havia indecisão. Era isso que eu queria. Podia ser ingênuo ou precipitado, mas era isso que eu queria. E eu precisava fazer algo. Urgente. Mas deixo o tempo passar. Tentando compreender e me concentrar na minha última decisão e sentimento, eu deixo a minha vontade arder em chamas.

Muito tempo se passou e eu já tenho a solução. Pelo menos a que acredito. A tentativa. Mas não é manipulada, forçada, muito menos espero que funcione. É apenas a minha vontade genuína. De tudo que eu desejo. De verdade. É o que eu sinto e o que quero que ela saiba. O que quero que ela entenda. Como me sinto e o que desejo. Meu único sentimento. Minha decisão. A minha vontade e minha decisão sobre a vida. Ligo para a Ginger. Chama, chama e... não atende. Fico desanimado. Espero o tempo passar pensando se eu deveria tentar novamente. Quinze minutos se passam. Esperaria meia hora por costume e metodologia recém adquirida, mas resolvo tentar novamente. Desta vez ela atende:

— Ei, não desliga. Preciso dizer uma coisa pra você – ela não diz uma palavra – Tenho que ser sincero. Na verdade eu não sinto remorso e nem arrependimento, porque, quando eu dizia, não sabia o que estava fazendo. Eu não entendia, não refletia e nem sentia. Eu não sabia de nada. Eu sabia, mas eram coisas que tinha aprendido errado, pensado errado e sentido errado. Parecia coerente pra mim, mas está completamente equivocado. Peço desculpas. E não vou demorar no telefone. Eu só quero que você escute uma coisa. Só peço isso. Você não precisa nunca mais falar comigo. Mas quero que você escute isso até o fim. É a minha vontade. Eu preciso que você saiba disso. Pode escutar?

Ouço uma respiração forte. Entendo como uma afirmação positiva e aperto o botão "pause" que estava pressionado e aproximo o telefone da caixa de som.

— Ah, desta vez não vai ter rádio Cidade. Sabemos que você não precisa disso.

E não precisava. Ela morou três anos nos EUA. Aumento o volume e fico acompanhando as primeiras letras.

If I fall short
If I don't make the grade
If you're expectations aren't met in me today...

Gostaria muito de ouvir a sua respiração agora. Mas me concentro em traduzir mentalmente a música, transformando cada palavra em minha vontade e meu desejo. Acentuo cada palavra, cada frase, e pronuncio em voz silenciosa com força, articulando cada letra, todas as consoantes e vogais, com clareza cristalina como se gravasse uma chapa de metal com as palavras ditas. Tomo todo cuidado para não errar nenhuma letra, nenhuma intenção, nem sequer uma pausa. Eu estava fazendo um pronunciamento. Um discurso solene. Sagrado, digno e honrado. Esta era minha declaração de princípios. Um pedido, uma súplica mais do que sincera, um desejo que supera todas as vontades, eu era uma e apenas única pessoa. Eu era o que traduzia. Eu era o que ela ouvia. Eu era o que ela sentia. Aliás, o que pensava e sentia. Eu só tinha um pensamento. Um sentimento. E esse pensamento e esse sentimento preenchia minha sala viajando pelas ondas telefônicas e chegava aos ouvidos da Ginger. Era minha intenção de vida. Transposta em melodia, codificada em ritmo e transcrita em letras. Era isso que queria ser e deveria, e eu estava sendo.

Se eu te desapontar
Se eu fizer tudo errado
Se suas expectativas não se encontrarem em mim hoje
Sempre haverá um amanhã ou um amanhã à noite
Aguente firme querida
Cedo ou tarde
Eu sei que vou acertar
Apenas não desista de mim
Por favor, não desista de mim

Eu sei que é tarde
Tarde nesse jogo
Mas meus sentimentos, meus sentimentos verdadeiros não mudaram
Dentro do meu coração, eu sabia, sabia que estava errado, errado e errado
Mas eu vou te recompensar
Pelo amor que nunca mostrei a você
Então não desista de mim, pois todas as palavras que digo são verdadeiras

Eu darei o melhor de mim
Todo meu amor
Todo meu amor
Não quero que você desista

Apenas não desista de mim
Por favor não desista de mim

Eu sei que é tarde
Mas por favor espere, por favor
Não desista de mim
Prometa! Você me promete?
Você me promete?
Por favor não desista de mim.
Nós faremos tudo dar certo, se tentarmos
Eu vou aguentar, aguente firme junto comigo
E não desista de mim
Querida, querida, não desista de mim
Aconteça o que acontecer, nós vamos ficar juntos
Não desista de mim
Por favor, prometa que não vai desistir de mim

Termina a música e pego novamente o telefone. Ouço a Ginger soluçar por um tempo. Quando achei que ela fosse dizer alguma coisa, ela desligou. Ela desligou. Eu tinha fracassado. Mas não me sentia mal. Nem estava triste. Eu tinha feito o certo. Eu tinha feito o que deveria ser feito. Na verdade, estava quase feliz. Satisfeito. Agora a vida tinha que seguir o seu rumo. A partir daqui. Eu deveria seguir sem a Ginger. Estranhamente a música de Solomon Burke *Don't Give Up on Me* que toquei podia ser também para mim mesmo. Mesmo que eu tenha feito tudo errado eu também não poderia desistir de mim mesmo.

Fico pensando por algum tempo o que será da minha vida sem a Ginger. Depois, afasto esse pensamento. A vida tinha decidido por nós. Minto. Ela e eu tínhamos decidido. Agora era assim. Eu teria que aprender a viver sozinho. Melhor, teria que aprender a viver de verdade, tendo apenas essa minha vontade de acertar como bússola. Mas como queria que tivesse dado certo. Como queria que a Ginger tivesse mais uma vez percebido o meu erro e sido compreensiva mais uma vez. Fico olhando por um tempo para o nada, mas depois noto o aparelho de som. Sorrio, amargo, pensando que a música poderia tocar novamente. Desta vez sozinha. Como uma canção-fantasma. Para velar o amor que tinha perecido.

"Trimmmmm". Levo um susto com o telefone tocando. Atendo atordoado. Quando soube de quem se tratava fiquei ainda mais atordoado. Era a Ginger.

— I promise you – ela diz respondendo a música – Mas com uma condição.

Diante da surpresa, "mas com uma condição" parece a maior das afirmações positivas.

— Qual?

— Vamos conversar.

— Conversar?

— Depois disso vamos ficar bem?

Ela não responde e desliga logo depois de marcar o encontro.

Meu coração dá um pulo. Minha prece funcionou? Minha prece musical funcionou? Eu sabia que ia funcionar? Não sei o que pensar. Não sei se estou feliz ou triste. Não sei o que fazer. Aliás, eu sei o que fazer. Me troco apressado e vou ao encontro da Ginger. O que falamos? Falamos de nós. Ok, era óbvio. Mas, o que mais poderíamos falar? Mas falamos num grau mais profundo, íntimo, que até então talvez não tivéssemos motivo nem circunstância para falarmos. Talvez essa briga tenha sido algo realmente importante para que nós nos conhecêssemos melhor. Falamos cerca de seis horas. Quando vimos que já era bem tarde, levantamos. Ah, você quer saber o teor da conversa. O conteúdo detalhado. Mas, andei pensando: por você se identificar comigo ou com nosso problema, você não está tomando as nossas resoluções como uma espécie de autoajuda? Acho até bacana você entender melhor sobre você(s) e o relacionamento de vocês. Mas, definitivamente, isso não é um roteirinho para ninguém seguir, nem se trata de um programa de barraco entre casais. É a minha vida, pô. Pode não ser sério para você, mas é seríssimo para mim. Por isso, não vou comentar. Quando passaram mais ou menos três horas eu entendi o que ela estava fazendo. Ela estava me fazendo entender não só sobre nós, mas principalmente sobre mim. A curiosidade do início de como ela me perdoara (entendera) se transformou em preocupação com a análise fria, densa e extremamente racional. Até fiquei imaginando como seria possível a Ginger ser a mesma garota leve, alegre e de sorriso fácil de "antigamente". Também fiquei pensando como eu poderia ter meu comportamento revoltado com a Ginger sabendo claramente a imensa superioridade moral e intelectual dela. Será que nós voltaríamos a ser nós mesmos depois disso? Será que não seríamos vencidos pelo constrangimento que se instalaria quando nos silenciássemos? Ou no silêncio que se formará na volta para casa, nas andanças na rua, na subida do elevador e na solidão da sala, quando estivermos entregues ao eco da memória, pinçando no subconsciente as possibilidades mais remotas que da desconfiança evoluirá para venenos fatais? Quando eu desanimo, a Giger diz: "as palavras não ditas fazem mais estragos." Tinha razão, como sempre. Mas o processo de cura era assim tão doloroso? Era preciso virar, revirar e virar de novo? Partir, consertar, partir e consertar de novo? Por um momento, eu juro, desejei que o namoro tivesse terminado hoje de manhã. Não, não é por causa da responsabilidade. E, sim, porque durante a conversa me deparei com a terrível verdade e o patético resumo da minha vida amorosa. Tudo isso me doía e era difícil, porque eu não estava pronto para o amor. Eu não estava preparado para o amor. Aos 13 anos eu não estava preparado para o amor. Aos 17, eu não estava preparado para o amor. Aos 20, aos 23, eu não estava preparado para o amor. Agora, aos 29, eu não estava preparado para o amor. Aos 30, 35, 40, talvez eu não esteja preparado para o amor. Talvez, eu nunca esteja preparado para o amor.

Acordo achando que tudo não passou de um grande sonho. Que eu conheci uma garota linda no The Passenger, retomei o livro, virei professor (essa é a mais louca de todas), briguei com essa garota e me reconciliei ontem à noite. Mas a minha cabeça está estranhamente no dia depois que queimei o meu manuscrito. No dia em que eu desisti de tudo. Fico olhando para o meu dedo procurando o vestígio da canetona vermelha que usei para circular o classificado de "assistente de marketing". Eu fui ao cinema com essa garota? Eu jantei fora com ela? Eu pedi essa garota em namoro? Eu tomei todas e dormi no Light? Ela cuidou de mim? Eu gritei com ela? Foi ela que disse sobre "blues de cortar os pulsos"? Ela me disse algo sobre ficar o tempo que for preciso? Ela disse que eu tinha talento para a vida? Eu briguei com ela e ela me perguntou para que servia o amor? E ontem, ela me disse alguma coisa? Parece que fiquei um tempão parado na frente dessa garota. Mas não consigo lembrar direito o que ela disse. Tudo não passou de um grande sonho? Penso em ligar para o Dimi para perguntar se ele quer mesmo que eu grave *The Clash*. Mas tudo isso já aconteceu? Será que eu não acordei direito? Se eu sonhei tudo, hoje eu encontro essa garota? E, assim, tudo vai se repetir? Mas algo também me diz que eu não sonhei. Tudo isso aconteceu e eu não poderia mudar nada do que já aconteceu. Mas por que estou com a sensação de que tudo não passou de um sonho? Se a memória me faz o que sou e me faz acreditar que o que aconteceu é real, se eu acreditar que nada disso aconteceu, o que aconteceu pode mudar e consequentemente posso mudar quem eu sou? Se posso esquecer quem eu quiser ou o que eu quiser, se eu quiser posso ser uma outra pessoa? E se eu acreditar nas coisas que não aconteceram, mas que eu acredite que realmente aconteceram, eu poderia escrever uma outra história de vida? Ou seja, eu posso ser quem eu quiser? Qual era a essência da realidade? Por que nós acreditamos em qualquer coisa no sonho mesmo que o que acontece seja um completo absurdo? Sinto sono. Deito novamente, procurando responder minhas perguntas. Mas que droga! Por que sempre tenho mais dúvidas do que respostas? Aliás, por que a maior parte da minha vida são as dúvidas? Durmo, imaginando em vão que quando acordar saberei responder às minhas dúvidas. Literalmente, isso era um grande sonho. Possivelmente o maior de todos.

Acordo algum tempo depois e me deparo com uma dúvida ainda maior. Melhor, sensação. Mais complexa, mais intrigante e mais confusa. Desta vez, eu não sei o que pensei antes de dormir novamente, se era sonho ou era realidade. É sério. Eu não sei se agora eu estou sonhando ou estou acordado. Eu estava sonhando antes e agora estou acordado? Ou eu estava acordado e agora estou sonhando? Como eu faço para saber se estou sonhando ou acordado? Rapidamente, volto o meu pensamento para o roteiro do curta que já pensei uma vez. Talvez o meu cérebro só consiga entender por analogia. Imagino que eu durmo na vida real e acordo no sonho. Explico. Na hora exata em que durmo, eu acordo no sonho. E quando vou dormir no sonho, acordo na vida real. Caso isso aconteça de fato, eu não saberia quando estou dormindo ou estou sonhando. E se o que acontece no sonho não fosse exagerado e fosse também como na vida real, como eu poderia distinguir o que é real e o que é sonho? Fico imaginando que no sonho as coisas dão certo, e na vida real, errado. Assim, imagino, o personagem principal do meu curta levando a sério o sonho e não a vida real. Eu estaria errado? Estaria cometendo o erro de levar a sério o sonho e não a vida real? Mas, afinal, o que é real? Não é o que eu acredito? As pessoas em volta saberiam o que é real e o que não é? Mas que diferença faz se eu só tenho consciência de mim mesmo? As pessoas do sonho ou da vida real serão sempre as mesmas e terão o mesmo valor para mim. Agora me responda então: o que é real e o que é imaginário?

Estranhamente, adormeci de novo. Acordo ainda mais confuso, mas desta vez tento me concentrar na vida. Real. Mas novamente os fatos se embaralham. É a terceira vez que acordo. Espera. Pode ser a segunda vez. Acordei da primeira vez e a segunda vez que acordei pode ser que tenha sido um sonho. Ou acordei no segundo sonho e acordei de novo. Ou pode ser que eu tenha acordado só agora. A primeira e a segunda vez podem ter sido só sonho. Ou... Pode ser que eu ainda não tenha acordado. Pode ser que eu esteja sonhando que acordei desde a primeira vez. Levanto-me ainda sonolento, pensando como tudo isso é risível. Como a vida é risível. Como tudo parece não ter a menor importância. Ocorre-me um pensamento. Será que na verdade não somos capazes de diferenciar o que é sonho do que é realidade? Pode ser que eu tenha vivido esse tempo todo acreditando que o sonho é a minha vida de verdade? Diante disso, o que era a existência? "Somos sonhos e sonhadores de tudo que existe. Por isso, nossa vida termina no sono." Lembro *A Tempestade,* de Shakespeare. Eu tenho um pensamento recorrente realmente estranho. Sobre a morte. Eu consigo ter a sensação de morte quando evoco esse pensamento. Quer saber qual? Imagine que não exista nada depois da morte. Imagine que você nem sequer pode ter pensamento.

Ou seja, você não existe. Não pode pensar, nem sentir absolutamente nada. Tente imaginar que você não existe. Que não existe mais nada. Nem sequer consegue saber da sua existência. Deixar de existir. Sempre sinto algo terrível quando penso nisso. Mas o mais estranho é que, passados alguns minutos, quando tento ter esse pensamento novamente, não sinto mais nada. Não sinto mais medo ou o pavor que sentia antes. Deve ser instinto de autopreservação. De novo, o que realmente importa se nós deixaremos de existir? O sentido da vida será realmente vazio e inócuo? Então, afinal de contas, por que existimos? Adormeço mais uma vez sem saber se estava acordado ou estava dormindo.

Quanto tempo passou entre a separação e a reconciliação? Quanto tempo passou entre o encontro, o desencontro e o reencontro? Se não soubéssemos a medida do tempo e não tivéssemos relógios e outros medidores de tempo, conseguiríamos precisar, somente apoiados na medida da memória e do sentimento, quanto tempo levou determinado acontecimento? Sinceramente, nós não levamos mais a sério o relógio do sentimento do que o tempo cronológico? E os contrassensos do tempo? A noite do nosso primeiro encontro me pareceu uma eternidade, mas quando chegou ao fim parecia que tinha passado num piscar de olhos. Então, tudo era relativo? Sonho, realidade, tempo, tudo era relativo? O que nos fazia acreditar que algo era importante? O que nos fazia migrar, no sentido da importância, do sonho para a realidade e da realidade para o sonho? Ainda mais intrigante. Como uma coisa deixava de ter importância de uma hora para outra, mesmo estando no mesmo campo da realidade? Como é que eu voltava todas as noites do mundo dos sonhos? Fico pensativo por muito tempo. Até que tento um raciocínio inverso. Se o sonho tinha a mesma natureza da realidade, a realidade também tinha que ter a mesma natureza do sonho. Mas o que diferencia o sonho da realidade? Como eu percebia o que era sonho e o que era realidade? Simples. O sonho se dissipava com o passar do tempo. Desaparecia. Como uma névoa, memória volátil, com o passar do tempo desaparecia. Ah... era também assim que operava no campo da realidade. Com o passar do tempo, os acontecimentos, mesmo que fossem reais, dissipavam-se, desapareciam. Assim como a minha sensação de morte! A resposta para o aniquilamento da sensação de morte era a mesma da transição do sonho para a realidade. Da realidade aguda para a realidade remediada. Esquecimento. É ele que fazia tudo voltar ao normal. É ele que fazia com que as coisas tivessem importância. É o esquecimento e não a lembrança que me conduzia para o meu estado de consciência adquirida. É ele que me dizia quem eu sou. Todos os dias o apagar da memória é que me fazia voltar a ser o que eu era. Era o esquecimento que me fazia voltar a ser quem eu era e tornava a vida suportável, poupando-me da minha insegurança existencial, e recuperava os meus vícios, imperfeições e desvio de conduta. O esquecimento me trazia ansiedade, devolvia o apego e instaurava novamente a importância desesperadora das coisas. O esquecimento colava a consciência de mim em mim. Como a história de *Peter Pan,* que costura a sombra no corpo, o esquecimento era meu cimento, a minha argamassa, a minha cola que juntava a minha consciência ao meu corpo. Eu era um boneco de pano sem feição, um invólucro definido, limitado e inexpansível, que, de tempos em tempos, trocava de enchimento graças à ação do Senhor esquecimento. Quer uma comparação mais engraçada? Eu era como um daqueles bonecos de ar que ficam nos postos de beira de estrada balançando os braços. Eu era um homem-biruta. Totalmente inconsciente, de mãos levantadas, balançando-as de acordo com o fluxo do ar. E novamente, O Senhor, Mestre, Venerável

Esquecimento me esvaziava e preenchia, dando-me a impressão de que eu mudava, pensava, sentia e agia. Mas eu era um autômato, um remendo, um engodo, um embuste com um botão *reset*. Eu era o meu próprio monstro. Um *Frankenstein*, um *Pinocchio* de mim mesmo, com um desejo secreto: "quando eu iria ser um homem de verdade?"

Pensamento paralelo ou a lenta ação do elixir do esquecimento

Esquecimento. Era isso também que me faria voltar ao normal com a Ginger. Mas algo me dizia que essa era uma solução paliativa. Mas, por ora, essa era a única solução que eu conhecia. Ou era o que meu cérebro permitia. A Ginger voltaria ao seu normal porque compreendia e não se importava em ser confundida com ingênua. E eu ia voltar ao meu normal, porque eu esquecia o que tinha aprendido (porque não tinha compreendido de verdade). Porque eu era um cabeça dura e tinha medo de fracassar. Mais do que isso. Eu tinha medo, muito medo de ser... feliz. Aqui cabe uma ressalva dessa minha última descoberta. Embora seja avulsa, sem muita conexão com meus raciocínios anteriores, era das grandes, talvez a maior de todas e, mesmo ofuscada pelas tantas descobertas recentes importantes, eu sabia que ocuparia o meu pensamento por muitos e muitos dias. Eu não estava preparado para o amor e muito menos para ser feliz.

Sono. Tenho medo de dormir. Talvez (talvez não, certeza) vou deixar de ser eu mesmo quando acordar. Ou melhor, vou voltar a ser eu mesmo. Uma dúvida. Quando vou crescer? Será que não posso ser como a Ginger? Quando vou assimilar o que aprendi e não esquecer? Quando vou ser gente grande? Aliás, Quando vou ser... gente...? Começo a adormecer. Amanhã, talvez eu seja (ou serei) novamente inseguro, problemático e infeliz. Baterei de novo na porta da UTI dos solitários, doloridos e terminantemente inviáveis. "Dormir para esquecer e simular o conforto da morte." Eu escrevi isso no Kubikova. Bastante apropriado. Sinto algo estranho ao saber que eu, na verdade, não tenho controle sobre mim mesmo. Afinal *quem* ou *o que* sou? Tenho medo de olhar no espelho e enxergar algo disforme. Que grande descoberta. Sou um monstro de mim mesmo. Um homem sem memória. Manipulável e inconsciente. Vivemos e morremos todos os dias e não percebemos. Com o passar do tempo, ao longo do tempo, morremos e vivemos e não percebemos. Sou apenas uma ampulheta virada várias vezes caminhando voluntariamente para o trágico mas risível fim. Você quer rir? Você quer chorar? Você quer matar? Você quer morrer? Que diferença faz? Estamos presos na roda do destino e da fortuna, tentando aprender uma única lição: no fim saberemos sorrir? Aceitaremos de bom grado a nossa triste sina e seremos generosos o suficiente para partir sem rancor? O meu sorriso de fato será compreensivo? Como serei alegre sabendo que no fim restará somente a solidão, vazia e interminável e a indivisível miséria? Do meu cinzeiro sem cigarro, deixo tudo virar pó. Com a minha essência desfeita em incertezas infinitas, queimo papel por papel os meus fragmentos rasgados, dilacero tudo o que ainda resta dos meus sentimentos pueris e trituro junto com as minhas autopiedades, buscadas na origem verdadeira, todas nascidas de vitórias ilusórias e não da derrota, na esperança de que, no fim, eu saiba sorrir. Ajeito meu cobertor e fecho os olhos de vez.

Boa noite, monstro. Até o próximo esquecimento.

B

Não sei quanto tempo se passou. Não sei se estou sonhando ou acordado. Nem sei se eu já comecei a esquecer. E mais. Já não sei mais se esquecer é bom ou ruim. Começo a acreditar que esquecer pode ser uma dádiva. Ou, na pior das hipóteses, pode ser dádiva e maldição ao mesmo tempo, como diria o Homem-Aranha (acho que também recuperei o senso de humor). O fato é que, depois de continuar conversando e ter me encontrado com a Ginger mais vezes, me sinto melhor. Mais leve e mais feliz. Pode ser esquecimento, pode ser o que eu sinto de verdade, mas algo me diz que eu nunca vou saber. É melhor me concentrar no que sinto agora. Me sinto melhor. Acho que é isso que importa.

You and me

Estou levando a Ginger para a casa dela. Rimos e brincamos na maior parte do trajeto. Mas, de repente, ela para e me pergunta:

— Diga que me ama.

— O quê? Você está falando isso do nada?

— Porque vocês homens são muito bobos. As mulheres precisam disso. Um "eu amo você" do nada. É absolutamente necessário.

— Ok. Eu amo você – digo, meio sem jeito.

— Agora, me responda. Você me amaria para sempre? Se existisse uma vida além desta, também me amaria?

— Para sempre eu amaria. Já além desta vida... Creio que não. Só posso amar você porque estou vivo – lanço um pequeno sorriso malicioso.

— "Outro lado do rio entre as árvores."

— Você leu? – pergunto, subitamente entusiasmado.

— Claro. Depois do que você me falou que sonhou quando estava completamente bêbado lá no Light.

— Bêbado não, embriagado.

— Estava caído.

— Caído não. Descansando – obviamente a conversa estava tomando um outro rumo porque estou irritado. Fora que me lembra uma cena de Cidade de Deus. Saco.

— Estava todo torto.

— Largado.

— Acabado.

— Relaxando.

— Parecia Heleninha Roitman. Hahahahaha. Estava desmontado – ela ri um monte.

— Ei, não sou homofóbico não. Mas isso é coisa de viado. "Desmontado".

— Vou chamar você de Fá.

— Aí sim, Fá é completamente coisa de viado.

— Não. Fá não é viado. Dó, Ré seria viado. Ré, viado, sacou, sacou? – faz o gesto universal de "trocadalho do carilho" com os dedos e ri mais um monte.

— Infame.

— Como se o seu senso de humor fosse uma maravilha.

— Ei, não fala assim do meu senso de humor. É a única coisa que eu tenho.

— Não. Você tem a mim.

Quando eu me for

Paro no portão da casa dela e me despeço:

— Vou indo.

— Tá. Até amanhã.

— Sabe, um dia você poderia fazer uma coisa – digo vencendo a timidez, não sei como.

— O quê?

— Pensei em algo. Quando... Quando eu tiver estragado tudo pela milésima vez, quando eu estiver errado como de costume, quando eu estiver indo embora muito triste e cabisbaixo...

— O que tem?

— Você... Você poderia vir correndo, sorrateiramente, atrás de mim e poderia pular nas minhas costas?

— Pra quê?

— Sei lá. Como uma forma de dizer que me perdoou, que me entende ou que ainda gosta de mim.

— Hahahahahahahaha. Que bobo. –

Me brochou.

— ... Vou indo então.

Dou um beijo tímido e espero a Ginger desaparecer pelo portão. Dou as costas e ando cabisbaixo. Pensando como a felicidade ainda é um sentimento pessoal, único e intransferível. Também penso que, com essas divergências que cada dia ficam mais nítidas, quanto tempo ainda terei com a Ginger. Quanto tempo será que vou... uhuh!

— O quê?!?!

Alguém bateu nas minhas costas.

— Quem..?

— Ué, você não disse que queria que eu pulasse nas suas costas quando estivesse cabisbaixo? – obviamente é a Ginger.

Entre o riso e o princípio de choro olho para ela como nos melhores tragicômicos que é a vida.

— Promete que vai ser sempre assim? – testo a memória e a cumplicidade.

— Para sempre e sempre...

Não sei por quê. Eu olhei para ela e vi o rosto dela e o seu corpo como um retrato 3x4 saindo de lado e a maior parte do quadro preenchido pelo céu azul. E não sei por que associei a cor azul ao meu estado de felicidade. De modo que, de tempos em tempos, quando visse algo azul eu sorriria. Como um cão pavloviano, sem ninguém saber, muitas vezes sem nem eu mesmo saber, eu simplesmente sorria. E o motivo, óbvio, era ela. Sempre.

Estou sorrindo (agora com mais frequência) porque tenho uma surpresa. Acabei de confirmar e está tudo certo. Antes de executar o plano, sento à mesa e resolvo escrever um pouco. Até para controlar a ansiedade. Eu tinha tido uma boa ideia. Ideia tão boa que tive de reescrever grande parte do livro. Às vezes, fico pensando quem vai achar que a minha ideia é realmente boa. Mas eu confio e com o meu critério egoísta tive que me convencer e me disciplinar a escrever novamente muitas e muitas páginas. Trabalho braçal, alguns diriam. Preciosismo, outros dirão. Tiro no escuro, mais alguns dirão. Falta de talento, bobagem, besteira, idiotice, perda de tempo, talvez todos dirão. Mas eu acredito. No escuro da sala, quando tenho que me levantar para acender as luzes, mas continuo escrevendo teimosamente, eu sei. Nas altas horas da madrugada, quando tudo silencia à minha volta, quando meus olhos doem, quando a minha mão dói, quando tudo dói, eu sei. Quando ouço risadas vindas de outros apartamentos e da rua, quando o dia amanhece, quando vejo que o papel acabou e tenho que rabiscar no verso das folhas numerando com cuidado para não me confundir depois, quando vejo o papel amassado acumular no lixo, quando fico horas parado em frente ao papel em branco, quando nada, ninguém mais restar nem no pensamento, eu saberei. Eu poderia dizer que é determinação. Poderia dizer que é meu desejo. Minha luta ou meu sonho. Mas é mais do que isso. É a aceitação. Como assim? Você poderia me perguntar. Escrever para mim é o meu momento máximo de aceitação. Apesar dos meus defeitos, apesar dos meus fracassos, o momento da escrita é o meu estado máximo de aceitação. Não me importa se é bom ou ruim, não me importa se tenho talento ou não, não me importa se estou certo ou não, não me importa se vai dar certo ou não. Só me interessa escrever, colocar meus pontos de vista, minhas ideias, meus pensamentos, filosofias e idiossincrasias, errôneas ou não. Busco o meu consenso. É assim que sou e é assim que quero ser. É o meu momento solitário em que me sinto mais completo. Quando finalmente eu sou eu mesmo. Errando ou acertando, consciente ou inconsciente, é o meu momento de ser eu mesmo. E sou feliz quando isso acontece. Se o narrador fosse na terceira pessoa, diria assim como meu escritor ídolo se referiu a Stephen Dedalus: "ele estava só, feliz, perto do coração selvagem da vida". O momento da escrita era um dos momentos mais felizes e dolorosos da minha vida. Doloroso porque eu precisava confrontar os meus medos, mentiras e fantasias. Escrever é como descascar a cebola inteira e ficar só com a essência do choro. Mesmo assim, eu estava invariavelmente feliz escrevendo, acertando errando, sendo bom ou ruim, sendo genial ou idiota, dificilmente eu conseguia conter o sorriso interior toda vez que terminava uma linha, um parágrafo, uma página ou um capítulo. Fo-go. Daí vinha a minha essência. Quando ninguém me olhava, ninguém acreditava em mim, nem sequer sabia da minha existência. Mas eu sabia. Eu existia. Eu acreditava. Eu era feliz. E possivelmente, eu era o próprio coração selvagem da vida.

Mas, espera. Escrever não é somente a aceitação. A aceitação era só uma ponta. Era apenas o combustível. A premissa. Ainda existia a conclusão, a combustão. E a combustão era a superação. No momento que eu me aceitava, isso abria uma janela, uma porta, um portal para eu ser algo melhor. E a faísca era minha vontade. A vontade de me transcender, ser algo melhor. Então eu me tornava algo melhor. Vislumbrava o gigante que queria ser e me esforçava. Não era só a noite, mas também o dia, a tarde, e a madrugada que ardiam em chamas.

O que eu queria era iluminação. Dizem que as pessoas buscam inspiração, iluminação para escrever. Para mim, a iluminação é finalidade. A minha inspiração é disciplina. Tudo que eu quero quando escrevo é atingir a iluminação. Algo tão transcendente que ilumine toda minha vida. Algo tão grandioso que ilumine a vida dos outros também. O que eu quero é esse momento único. É para isso que eu escrevo. Sem exagero, posso dizer também que é para isso que eu vivo. Hum... Lembrei-me de algo. Quando eu comecei a me entender como gente, por volta dos quinze, dezesseis anos, alguém me perguntou o que eu queria fazer na minha vida. Era uma pergunta banal querendo saber que profissão ou o que eu gostaria de fazer na vida. Mas, após uma pequena pausa respondi: "eu quero entender por que as pessoas vivem." A garota que me perguntou ficou olhando para mim como eu se fosse um animal estranho, mas eu continuei: "quero entender por que as pessoas sofrem. Quero saber por que e como as pessoas continuam vivendo apesar de todo o sofrimento. Quero saber por que as pessoas vivem." Pode parecer estranho. Mas, com toda a sinceridade do mundo, esse é o meu único objetivo de vida. Entender por que as pessoas vivem. E talvez a escrita seja a melhor maneira de eu compreender isso. Sendo mais sincero, não é a escrita. É a vida. Eu quero a vida. Mais do que qualquer coisa neste mundo. Quero a iluminação para o entendimento. Quero o fio invisível que nos faz caminhar pela floresta escura, quero o sorriso complacente dos excluídos, quero a contemplação que vem depois da última chance perdida. Quero ser a trajetória da estrela cadente, que risca o céu do início ao fim e que caminha corajosamente para a queda fatal. Eu quero entender como e por que as mais tristes das lágrimas me aquecem e me fazem sentir ainda mais humano, feliz.

Assim, a escrita, no fundo, talvez seja um instrumento e não uma finalidade. Isso. Mais do que aceitação e superação, a escrita era preparação. Preparação para o entendimento, preparação para o meu único objetivo de vida, a mais estúpida e genial possível: a vida.

A minha ideia. Imaginei que os personagens só se encontrariam depois de mais da metade do livro. Imaginei que algo, alguma coisa indizível, impronunciável e talvez inimaginável os juntasse. Algo como o destino, o acaso, o fluxo... Então pensei. Poderia começar a contar a história de um dos personagens. Por exemplo, de Julien. Uma determinada hora, um gesto, uma música ou uma lembrança coincidiria com a da Kubikova. Logo, eu mudaria de foco narrativo. Passaria de Julien para Kubikova. Exemplificando. Imagine que Julien tome um café. No mesmo instante a Kubikova também toma o café na distante República Tcheca. Daí muda o foco narrativo de Julien para Kubikova. Depois de escrever sobre a vida de Kubikova, uma música toca e no mesmo instante a mesma música toca no Brasil e novamente muda o foco narrativo. Mas, pensei em algo mais interessante. Imaginei que esses intervalos de coincidências diminuiriam com o decorrer do tempo. As mudanças de foco que ocorreriam de 60 em 60 páginas passariam para 45 em 45, 30 em 30, 23 em 23, 18 em 18, 8 em 8, até que a Kubikova vem para Brasil e as coincidências vão aumentando de 5 em 5, 3 em 3, até 1 em 1, quando os dois se conhecem na mesma festa. Gostou? Eu achei uma boa ideia. Sei lá, você decide quando ler. Depois, o que acontece? Eles têm um caso, uma história de amor, se preferir. E depois? Separam-se. E depois? Eu poderia contar o fim porque já disse que isso não faz a mínima diferença. Mas acho que preferia que você lesse quando o livro estivesse publicado. Não, não é porque quero vender mais livros não. É claro que eu quero que muitos comprem e leiam meu livro. Mas eu quero é que você fique imaginando. Fique pensando como e que solução darei para essa história. Vou falar uma bobagem. Clima, atmosfera.

Maturação. Isso sim é importante. Maturação. É no outono que a gente colhe a plantação. Taí. Acho que vou lançar meu livro no outono. A estação em que as plantas se curvam. A estação das reverências. A estação da maturidade. Talvez também seja da minha maturidade. Assim espero que seja.

Um dia de sol moderado. Perfeito para a surpresa. Ando pelas ruas chamando a atenção de todos. Desço a rua assobiando e paro em frente ao portão da casa da Ginger. Fico esperando ela descer. Todos que passam ficam olhando para a surpresa. De fato, fico orgulhoso da minha ideia. Isso sim é uma surpresa. Grande surpresa. Uma supresa...

— Desculpe a demora. Nossa! Que lindo. De quem será?

— É legal, né? Também fiquei olhando. Será que a gente pode dar uma olhada? – digo rindo por dentro.

— Acho melhor não.

— Ei, deixa disso. É aberto – passo a mão na maçaneta. – e está aberto! – entro apressado e até pulo no banco.

— Sai daí! Você está louco? Entrando no carro dos outros assim.

— Hahahahahahaha.

— Você está rindo do quê?

— Esse carro é meu. Pelo menos por hoje.

— Você está brincando.

— Não estou não – falo agitando a chave.

— Uau! – ela entra no carro – como você conseguiu isso?

— É uma longa história. Quer dizer, divertida.

— Conte – diz olhando para os detalhes do carro sem olhar para mim.

— Uma vez eu discotequei numa festa EBM. EBM é música industrial. Pesada, com batida eletrônica. Os frequentadores eram meio barra-pesada. Góticos, punks, garotas com meia arrastão e piercings, bêbados em geral. Esse dia, um cara muito, mas muito bêbado, estava fazendo a maior zona. Tinha gastado todo o dinheiro, mas ficava gritando que queria tomar mais uma. O segurança queria botar ele pra fora e muitos tentavam convencê-lo a ir embora.

— Já sei. Você conseguiu convencer o cara a ir embora. Melhor, você dirigiu o carro até a casa dele. E esse carro é dele.

— Não.

— Não?

— Mas uma coisa é certa. O carro é dele.

— Então o que você fez?

— Paguei mais bebidas para ele.

Hahahahahahahaha. Rimos juntos.

— Mas que carro é esse?

— Cadillac 54. Conversível. Legítimo rabo de peixe.

— É maravilhoso.

— Vamos dar uma volta?

— Achei que não fosse dizer.

Ligo o motor e ouço o barulho do ronco. V8. Isso sim é um carro. Muitos da rua se viram para olhar. A Ginger está sorrindo. Eu também estou sorrindo.

— Se segura.

Piso no acelerador e o carro começa a ganhar velocidade. Mas não estou aqui para nenhuma corrida. Pelo contrário. Reduzo para a velocidade desfile e apoio o braço esquerdo na porta. Até o sol está sorrindo.

— Eu deveria ter trazido um lenço – Ginger diz com um meio sorriso, ajeitando o cabelo.

— Você está linda – ela cora e eu emendo – tenho uma surpresa.

Pego o CD que gravei.

— Para combinar com o carro.

Ecoa pela rua, CD de músicas dos anos 50 e 60. O que toca agora é Sh-Boom. Sempre quis dirigir um carro antigo com essa música. A Ginger sorri e sorrio de volta. Tudo está sorrindo. Canto junto imitando um cantor canastrão fazendo caras e bocas. A Ginger esboça um sorriso que quase não cabe na boca e eu balanço a cabeça e até ajeito o cabelo. *Life could be a dream.* Devia ser mesmo, e no momento é. Eu sei que vou me lembrar disso por muito tempo. Melhor. Eu sei que vou me lembrar disso para o resto da vida. Não é engraçado isso? Você ter certeza do que vai lembrar para o resto da sua vida? E ainda mais engraçado. Na verdade fascinante. Eu não preciso olhar para a Ginger para saber como ela esteve neste dia. Ela está como eu estou. Feliz, olhando para a paisagem e sentindo o vento no rosto. Termina a música. Eu paro o CD.

— Então? – pergunto.

— Preciso dizer?

— Não. Hahahahahaha. Tenho mais uma surpresa.

— Mais?

— Não é bem surpresa. Como eu sabia que ia andar nesse carro hoje, eu escrevi isso. Hum..hum... – limpo a garganta com exagero.

Vem flutuar comigo, querida
Faz de conta que estamos num Cadillac 1954 ("de fato estamos", sorrio)
Sorria
Olhe para mim como se soubesse
Eu amava você desde a outra vida

O que mais um homem pode querer
Meu carro e minha garota
Deus vai simplificar a vida esta tarde
Só precisamos sentir o vento nos rostos

E a minha promessa para todo o sempre
Sorria para mim como se soubesse

Vem flutuar comigo, querida

— O que achou?

— Isso é...

— Isso é?

— Romântico.

— Hahahahaha.

— É muito bonito. Mas achei que é muito curto. Não acha que acabou muito cedo?

— Eu sabia que você ia falar isso. Quando terminei também achei isso, mas eu resolvi deixar. Sabe por quê? Para dar a sensação de que tem mais coisas a serem vividas. Algo como "complete a lacuna com a vida".

A Ginger me olha fixamente e levanta o canto da boca num gesto de aprovação. Dou play novamente e toca *Earth Angel*. No meio da música, a minha garota se aproxima e encosta a sua cabeça no meu ombro. Eu pergunto a mim mesmo e a todos quem é o homem mais feliz do mundo agora. Vamos, dirija por mim este carro. Dirija a minha vida por mim. Dirija até o fim do mundo. E ninguém, mas ninguém, poderá dizer que não estou fazendo a minha vida valer a pena. Vamos, deixe o sol cair. Seja a minha testemunha. Seja meu cúmplice. Eu posso ser um idiota, um imbecil, mas ninguém pode dizer que não estou vivendo. Por isso, eu digo, peço, viva. Viva com tudo que puder. Grave na sua retina em vagas silhuetas a Ginger apoiada no meu ombro se afastar. Encontre a sua Lady Jazz. Encontre o seu Mr. Blues. Forme o seu par. Forme o seu quadro. Deixe o sol cair. Mas sonhe. Sonhe em vida. Viva. Viva intensamente.

Encontrei mais alguns bilhetes da Ginger durante esses dias. O pote está ficando razoavelmente cheio. Gostei muito de um em particular. Dizia assim: "Love is the answer and you know that for sure. Love is a flower, you got to let it, you got to let it grow. Isso não é meu, é de John Lennon. De tanto escrever esses bilhetes acho que estou ficando sem criatividade. Mas, se o amor é realmente uma flor, vamos deixar crescer, florescer." Vamos cultivar. Gostei dessa metáfora. O amor como algo não pronto. Que precisamos ter cuidado para fazer florescer. Que de certa forma depende da gente. Amor é uma tarefa difícil, penso. Exige paciência e dedicação. Fico imaginando a Ginger escrevendo bilhetes. Que bilhetes eu escreveria? Não sei por que só me lembro das cartas de Joyce (de novo). "Amar é infeliz quando o amor está distante". E meu favorito, "Dei a outros meu orgulho e alegria. A ti dou meu coração, minha loucura, minha fraqueza e minha tristeza." E eu com toda minha humildade faria uma pequena mudança. Tiraria "e", colocaria uma vírgula e acrescentaria "toda minha miséria". O meu bilhete para a Ginger seria um grande plágio (homenagem e atestado de incompetência, já que não tive capacidade para pensar algo melhor) escrito assim: "Dei a outros meu orgulho e minha alegria. A ti dou meu coração, minha loucura, minha fraqueza, minha tristeza e toda a minha miséria". Eugene O'Neill, meu dramaturgo favorito, quando escreveu *Longa Jornada Noite a Dentro*, dedicou a peça à sua mulher. Era o 12º aniversário de casamento deles. O'Neill escreveu assim: "Minha querida, entrego-lhe os originais desta obra de velho sofrimento, escrita com lágrimas e sangue. Dom esse que parece tristemente inadequado num dia em que só se deveria comemorar a felicidade. Mas você compreenderá. Quero que seja ela uma homenagem ao seu amor e à sua ternura, que me restituíram a fé no amor, o que me permitiu finalmente afrontar os meus mortos e escrever este drama... escrevê-lo com profunda piedade, compreensão e perdão para os quatro angustiados Tyrone. Esses doze anos, minha amada, foram uma jornada para a luz... para o amor. Já conhece a minha gratidão! E o meu amor." O que acho? Eu queria ter escrito isso. Porque eu sinto cada palavra, cada sentimento e cada intenção. Porque... eu sou assim. Daria à Ginger cada retalho, cada mancha, cada talho, tudo que me faz recortado, sujo, machucado e marcado, para que ela soubesse de fato quem eu sou, como me sinto, como sou por dentro e em toda minha essência. Queria que ela soubesse os mínimos detalhes de mim para que ela pudesse me entender até a última gota da minha essência, para que finalmente eu pudesse encontrar alguém que me entendesse, me amasse e se enternecesse com a minha miséria indizível. Ame-me da minha derrota. Ame-me das vergonhas e dos meus piores medos. Ame-me da sarjeta, dos escombros, das ruínas e da terra desolada. Ame-me da escuridão da minha alma e do interminável sofrimento. Ame-me quando estiver caído, sangrando e quando estiver na febre intermitente da morte. Ame-me como uma oração para causas impossíveis. Como a última esperança. Quando nada e ninguém mais fizer sentido, quando o mundo se ajoelhar diante do tempo, quando eu me desfizer de tanta piedade em pó. Recolha-me cuidadosamente em suas mãos, misture com as suas lágrimas e me deixe voltar à vida. Ame-me a partir do nada. Ame-me como sou. Ame-me a partir da desprezível existência que compreendeu que compartilhamos. Ame-me como um, ame-me como dois. Ame-me como se eu fosse você.

Quer saber? Ninguém consegue amar o grotesco, abominável e imprestável. No nosso mundo superlativo, amamos aparências, realizações e demonstrações de poder. No nosso mundo pragmático ninguém quer amar o derrotado, perdido e sem futuro. Será que estou apelando para o poético ou para a alma? Afinal, da nossa breve existência, o que levaremos? Eu queria inventar ou conseguir óculos que me fizessem (ou fizessem as pessoas) enxergar as essências. Mas será que conseguiremos sobreviver ao mundo opressor que nos dita regras, cria necessidades e manipula até os nossos pensamentos? Sinceramente, quanto de mim sou de verdade e quanto de mim foi criado? Quanto foi incutido, incrustado e inventado pelo mundo? Quanto dos meus gostos são meus? Aliás, quem sou eu? De novo a mesma pergunta de sempre. Como se fosse uma variação do mesmo tema, como se fossem muitas trilhas que levam à mesma clareira. Mas, se eu não sei quem sou, como poderia amar outro? E como outra pessoa, sem saber quem é e sem saber quem eu sou, poderia me amar? Se o amor não nascesse da identificação, poderia amar apenas, pelo simples fato de existir? Seríamos capazes de simplesmente nos enxergar, olhar um para o outro e nos apaixonarmos? Como dois cachorros que se cheiram ao se encontrarem, poderíamos nos amar pelo simples fato de sermos da mesma espécie? Isso é amor? Isso é compaixão? Isso é o sentimento supremo? Amor universal, sem barreira, preconceito e julgamento? Devemos nos amar porque simplesmente somos da mesma espécie e compatilhamos a mesma miséria inata? Temos todos o mesmo cheiro, a mesma forma e a mesma imobilidade na esteira da vida? É a igualdade que nos torna amáveis? Além disso, não estamos todos sob pena de esquecimento? É a nulidade reconhecida uma espécie de piedade mútua que nos mantém coesos? A nossa unidade vem da ignorância consentida, da impossibilidade instituída e da frustração aceita? Somos nulos e por isso devemos nos amar? Somos desprezíveis e por isso devemos nos unir? Somos nada e por isso devemos girar em torno um do outro? Mas, se nós sabemos da nulidade, por que não nos levamos ao extremo? A não-existência. Amar nesse contexto me parece uma forma de solução da nulidade da existência. Uma última solução. Derradeira. Mas, graças a Deus, não completamente piedosa e, sim, resignadamente lógica. É assim que nós nos dissolveremos? Numa infinita escala de piedade diluída, num gesto silencioso guardado no íntimo de todos, numa ciranda de mãos dadas entoando canções tão alto que se tornarão inaudíveis, viraremos uma massa uniforme, bruta, única. A única tentativa bem sucedida de entender, a partir da existência, a nossa essência de não-existência. Quando todos se olharem, quando todos se tornarem visíveis, quando todos compreenderem, desapareceremos. Para o tempo que nunca houve, para o tempo que nunca existirá, para todos nós que nunca existimos, desapareceremos. Para sempre.

Durmo e sonho com um trem. Um trem sem passageiros. Sem maquinista, sem destino aparente. É um trem fantasma. Se não há nenhum passageiro, esse trem não existe? Se não há maquinista, então o trem não existe? Se não há destino esse trem não existe? De certo, se o trem está viajando, saiu de algum lugar. Se está no trilho, na certa também vai chegar a algum lugar. Enquanto sonhava, o trem me parecia muito familiar. Este trem era a minha vida. A minha existência. Aliás, a existência de todos. Existia, mas na verdade não existia. Eu sonhava com a vida.

A última ligação

— Hoje tem aula, né? – É a Ginger no telefone.

— Sim. Sabe o que fiz? – não sei por que falo empolgado, contando o que nem foi perguntado – pedi para os alunos (alunos, essa é boa) levarem o livro favorito deles. Eu também vou levar o meu.

— Qual? Joyce? Thomas Mann?

— Não. Hamlet.

— Hamlet?

— É.

— Por quê?

— Porque é a minha eterna condição.

— Ser ou não ser – ela faz a entonação dramática.

— É. Você sabe. Eu sempre estou com esse dilema. Talvez este seja o dilema de todos e de cada ser humano. Da humanidade talvez.

— Também acho. Há muito tempo, também pensava assim. Mas agora não penso mais assim, ela conclui.

— Como você pensa?

— Ser ou não ser. Isso não é uma resposta. Ser ou não ser é uma pergunta. Uma dúvida. Ela pede que você tome um partido. "Ser" ou "Não ser". Acho mais correto "ser E não ser" e não "ser OU não ser". Creio que devemos ser e não ser ao mesmo tempo.

Às vezes, a Ginger fala as maiores sabedorias como se fossem a coisa mais corriqueira do mundo, e isso me desconcerta. Existência e não-existência. Ser e não ser. Mas como essa coexistência é possível? Será que a Ginger consegue? Fico mudo por um tempo pensando e não consigo chegar a nenhuma conclusão.

— Deixa eu te perguntar uma outra coisa. Quantos bilhetes você escondeu na casa? – indago curioso e mudando de assunto.

— Hum... Eu contei no fim. Foram trinta. Ei, preciso ir. Depois passo na sua casa, ok?

— Ok. Beijos, até.

— Beijos.

A RUPTURA

Sabe o que estou fazendo? Correndo. Para quê? Para onde? Até a casa da Ginger. Por quê? Porque... Vou voltar na câmera para você saber como vim parar aqui. Quer dizer, porque estou correndo. Desesperadamente. Alguns minutos atrás, eu estava ligando para a Ginger. Deixando 25 recados no celular dela. O último foi: "Ginger. Olha, me desculpe. Foi um tremendo engano. Foi patético, você sabe. Foi uma reação infantil. De não querer sofrer. Uma antecipação. Vamos conversar. Vamos ser razoáveis." O primeiro também foi esse. Depois, quer dizer, antes, eu joguei pela janela o chapéu com o esquilo empalhado. Não faz o menor sentido? Mas vai começar a fazer se eu adiantar mais cinco minutos. Cinco minutos antes disso, a Ginger dava um tapa na minha cara e saía pela porta da minha casa. Agora, ao invés de atrasar, adiantar. Eu acordo com uma dor de cabeça terrível de tanto beber. O que aconteceu? O que aconteceu? Aconteceu que eu perdi o sentido. Da minha vida. Não importa quanto adiante ou atrase, nada vai mudar. Estou completamente perdido. É por isso que estou correndo. Aliás, é por isso que estou parando agora. Não faz mais sentido. A minha vida não faz mais sentido. Estou tão perdido que nem sei em que tempo estou. Estou parado no meio da rua agora ou estou amanhã de manhã acordando com uma mega-ressaca? Estou olhando a Ginger bater à porta ou levando o tapa na cara? Em que tempo estou? Volto novamente. Ou o que estou vivendo agora.

— Ginger. Olha, me desculpe. Foi um tremendo engano. Foi patético, você sabe. Foi uma reação infantil. De não querer sofrer. Uma antecipação. Vamos conversar. Vamos ser razoáveis.

Com este, são 25 recados. Ou melhor, 25 pedidos de perdão diferentes. O que o esquilo disse, em forma de minha consciência, não sai da minha cabeça: correr atrás dela.

Isso. Largo tudo e saio correndo. Ok. Pode rir. Pareço Forrest Gump. Só que azarado. O que muda a minha classificação de "patético" para "completamente retardado". Após correr cinco quarteirões, me dou conta de que levo aproximadamente uma hora de condução para chegar à casa dela. Paro imediatamente. Foi isso que aconteceu? Foi isso que eu pensei? Qual é a minha voz verdadeira e o que de fato aconteceu? Eu continuo indo e voltando no tempo sendo entrecortado pelas palavras da Ginger que fica ecoando: “nunca, nunca mais me procure”.

Mas veja agora como a vida é subjetiva. Você também quer saber o que aconteceu. Mas o que aconteceu antes disso. O que aconteceu comigo ou o que aconteceu com a gente. Mas, me diga. De que ponto de vista uma história deve ser contada? Qual é o papel do intelocutor (nesse caso você) na história que está sendo contada? Você pode mudar essa história? Essa história é sobre a minha vida? Essa história é sobre a sua vida? Essa história poderia ser sobre a sua vida? Em que tempo estou? Quem sou eu? É uma lição invertida de tudo que aprendi até agora? Não faz sentido? A mim, realmente, agora nada faz sentido. Não faz o menor sentido.

2.

— Ela foi encontrar o ex no The View.
— Ei, isso aí não é muito romântico, não?
— É isso aí. Foi o que eu disse.

6.

— É o que eu estou te dizendo.
— É. É uma bonita casa. Quer uma bebida?
— Ei, por que não? Uma bebida não pode fazer mal, não é mesmo?

4.

— É mesmo. Você está muito bêbado.
— Jaque, pega os meus CDs, por favor.
— Pego. Espera.

3.

— Esperando por mim?
— O quê? O quê? Ginger? É você, Jaque...
— Parece assustado. Já acabou. Podemos ir embora.

1.

— Acabou, não acabou? O que tem pra conversar?
— Você sabe muito bem que, mesmo que os relacionamentos terminem, alguma coisa ainda continua. Você sabe, eu convivi muito tempo com ele.
— Eu não gosto nada dessa história.
— Você já pensou que eu também não gosto muito dessa ideia?
— Tá, entendi. Mas saiba que não gosto nada dessa história.
— Eu sei, bobinho. É só um encontro de ex-namorados.
— Sei. Onde é que vocês vão?

5.

— Me leva para casa. Para a sua casa – digo a Jaque.

Ela me traiu? Eu a traí? A vida nos traiu? Como se ordena a história, não pelas nossas perspectivas, e sim pelas perspectivas da vida? O que aconteceu? Sinceramente, daria para escrever um outro livro só para contar o que aconteceu. O fato é que acabou. Eu não estou mais com a Ginger, melhor, ela não está mais comigo e, assim, acabou. Ok. Os diálogos pareciam uma boa retórica, bastante inventivos para contarem minha história, mas pode ser porque não quero que você saiba o que aconteceu. Por vergonha. Ok. Chega. Vou te contar. Aconteceu assim.

Diário da Ginger

A minha dor não é de inconformismo. A minha dor não é de decepção. A minha dor não é de desencanto. A minha dor não é de traição. A minha dor... a minha dor é de morte. Alguém morreu hoje. Algo morreu hoje. Eu morri hoje.

Hoje morreu algo em que eu acreditava.

Hoje morreu algo em que eu acreditei.

Hoje morreu algo em que eu queria acreditar.

Hoje morreu uma vida.

Hoje morreram duas vidas.

Hoje morreu um mundo inteiro.

A vida é engraçada. Agora começo a ver o chapéu de esquilo como um prenúncio. Era um enfeite de um amor morto. Hoje tudo morreu e a tristeza não cabe em mim e não cabe em nenhuma palavra, nenhum sentimento. Hoje nada importa. Arrastei pelas ruas meu coração partido como um penduricalho, repetindo milhares de vezes "por quê?", "por quê?", mas eu só via pétalas caindo também mortas aos meus pés. O pássaro silenciou, o cão emudeceu e as pessoas todas andavam de cabeça baixa. E eu nem consegui chorar, tamanha era a minha revolta.

Homens nasceram para estragar e não para construir?

Eu nasci com uma predisposição errada para acreditar? Por que sempre enxergo o desvio de conduta? Homens não nasceram para curar, e sim só para sofrer? Eu também sofro agora. Sofro como quem sofre as dores da morte, dilacerada, exposta e humilhada.

Como ele pôde? Como ele pôde? Como ele pôde? Corri como uma louca, embaraçando os cabelos de propósito, queria esconder os rastros de lágrimas que borravam meu

rosto. Fingia que eram os meus cabelos que me cortavam. A cor preta era a cor do sangue mortificado.
Que triste espetáculo! Eu era involuntariamente protagonista de uma cerimônia fúnebre, maquiada, capengava uma desajeitada dança da morte. Fiquei horas a fio debaixo do chuveiro me sentindo suja, ultrajada e violentada, cuspindo no ralo a sujeira que me besuntava. Eu me sacrifiquei e ele me sacrificou. Estava tudo morto. Ainda nua, fiquei sentada na cama, sentindo um estranho cheiro ocre que sabia que pertencia a ele, exalando da minha pele. Mas sairia. Eu jurei que sairia do meu corpo, como quem troca de pele. Você vai sair. Como pele morta. Inerte. Sem vida.
Triste. Infinitamente triste.
Vou deixar o Chico diluir a minha alma. Se o Sr. Fahrenheit pode, por que não posso também? “Saudade é arrumar o quarto do filho que já morreu.”
Acabou. Acabou.
“Eu não quero levar comigo a mortalha do amor.”
Adeus.
Adeus, meu amor.
Adeus.

Farewell. Um dia escrevi um bilhete para uma garota. Amor de adolescente, eu sei. Era um trocadilho simples (para um caso complicado).

Farewell
ou
Far e well

Éramos obcecados pelo rock americano alternativo (o manjado *indie*). Desde então eu sempre tenho a impressão de estar me despedindo. De tudo e de todos. Como naquele jazz *Everytime we say goodbye,* de Cole Porter.

É isso. O tempo todo, nesta vida, estamos nos despedindo. De "amigos", de familiares, de lugares, de coisas e de amores. Fico pensando se nós poderíamos de alguma forma evitar essas despedidas. Eu olho para trás e constato tristemente, melhor, triste não é a palavra certa, creio que é consternado ou resignado. Então eu constato resignado que nada em absoluto eu poderia mudar.

As coisas acontecem para que nós possamos continuar (pelo menos quero acreditar nisso). Para irmos em frente. As despedidas acontecem porque talvez não sejamos capazes de outras soluções. Fico pensando que, no fundo, nós não sabemos de nada. Não nos entendemos, não entendemos os outros e não entendemos um ao outro, quando estamos juntos. E na vida a dois, na nossa ilusão de entendimento, creio que quando acontece o tal do amor, pode ser que seja por uma fração de segundos que coincide o estado de espírito de ambos. Não será o amor um evento astronômico como o eclipse, a passagem de um cometa ou o alinhamento de planetas que acontece de tempos em tempos e principalmente como um fenômeno raro? Assim, tudo não está fadado ao fim com o passar do tempo? E quem errou? Somos nós ou foi apenas um evento passageiro nas nossas vidas? Independente de qual seja a resposta, uma coisa é certa. Como gostaríamos de mudar... Queremos mudar como quem quer impedir o movimento do Sol e da Lua. Retardar ou acelerar a passagem dos astros, alterar as rotas dos planetas, evitar a rotação e a translação da própria Terra. Mas não é possível. Por hora, nada é possível. Mas eu não lamento a minha impotência. Lameto os meus erros. Lamento profundamente. Pensei em ouvir *Everytime we say goodbye*. Mas aí seria uma constatação da minha derrota. Reconhecimento da minha impotência. Aceitação da imutabilidade das coisas. E eu não quero isso. Mesmo que pareça e seja impossível, eu quero que as coisas mudem. Eu quero que a Ginger volte pra mim. Eu quero de volta a vida que eu tinha. Pela primeira vez na minha vida eu quero a vida que tinha antes. Esboço um sorriso. Não sei de onde veio esse sorriso. Coloco um CD. Toca obviamente *Everytime we say goodbye*. Quer saber? Decidi me despedir do mundo das impossibilidades. Dos erros e das irreversibilidades. Isso também deveria valer. Despedir das despedidas. E, como diz a música, quando faço isso eu morro um pouco. Na verdade, me deixo morrer completamente. Para depois nascer de novo. Quero me despedir de mim mesmo. Adeus Fahrenheit, adeus. Se alguém me perguntasse meu nome agora, eu diria que é Farewell. Mr. Farewell. Não, não. Pensando bem, não quero me chamar Farewell. Isso é nome de quem se despede (literalmente). Eu não quero me despedir. Eu quero acertar. Me encontrar. Juro que cansei de me perder. Nunca, jamais usarei um nome como esse. Esse nome é de uma melancolia ao extremo, com um quê de fatalismo e me parece irreversivelmente solitário. Mesmo que contenha a poética da aceitação e do consentimento da solidão, eu não quero ser assim. Não serei assim. Definitivamente eu não quero esse nome. Não quero isso para a minha vida.

Pensando bem... Nunca se sabe. Mas não agora.

O livro das culpas

A dor nunca vem em seguida ao acontecimento fatal. O que vem em seguida ao grande choque é uma suspensão dos sentidos. A anestesia. O susto faz perder o sentido de julgamento e anular os sentimentos. Depois de um acontecimento fatal ou morte em vida, o que vem é a paralisia, uma completa ausência de vontade. E isso dura um tempo. Às vezes, muito tempo. A dor... A dor vem depois disso. Como uma avalanche, um maremoto que vai engolindo tudo. E arrasta você para as profundezas com a intenção clara de nunca mais devolvê-lo à tona. E a dor, ao invés de diminuir, aumenta. Aumenta exponencialmente. Quando você acha que não tem mais como e por onde doer, a dor atinge um novo patamar. Mais profundo e mais intenso. É como estou me sentindo agora. Afundando sem parar e sentindo a minha alma se dilacerar. Sinto-me o prisioneiro da colônia penal de Kafka que tem o crime cometido escrito nas suas costas com uma lâmina. Injeto a culpa nas marcas da carne formando a tatuagem que carregarei enquanto a dor persistir e das feridas que nunca cicatrizarão.

Traição. Essa é a minha marca e a minha penitência. Um livro de culpas escancarado, reescrito e remoído todos os dias. E depois da dor, o que vem? Você pode me perguntar. Depois da dor vêm as lembranças repentinas, a lembrança da dor que leva você instantaneamente da normalidade ao purgatório. Aliás, a lembrança é tudo que resta no fim. Das coisas que foram, são e, principalmente, das coisas que não gostaríamos que fossem. E, ao contrário do que você pensa, o tempo tende a piorar. Em breve, não saberá mais o que foi e nem o que não foi. Não saberá mais o que é e o que não é. Ficará para sempre oscilando na imprecisão da memória, tentando sempre escapar da inexorável culpa que revelará, depois de mil voltas, caminhos bifurcados, armadilhas e labirintos, sempre o crime da sua autoria. Sofrendo assim as mesmas dores, todas as vezes como uma nova, tudo se repetirá infinitamente até a improvável cura.

Memórias, digressões e recipientes sentimentais

A dor é algo que acontece quando o frio e o calor se chocam. Se o medo é a antecipação da dor, a tristeza é a sensação posterior. Tristeza é o gelo derretido, irrecuperável, estado líquido lamentável, figura deformada, imprestável, o último estado da matéria e do ser, degenerativo, abandonável, esquecível, estranhamente impossível de subtrair, nem adicionar, imutável e, pior de tudo, sempre mantém a tensão, a desconfiança eterna de que seja um estado permanente. Talvez a tristeza seja a alma da dor. A parte intelectual. O morno que desagrada a euforia da vida. A dor vem da colisão. Dos dois extremos da vida. Ela nos parte, despedaça e prepara para a submersão eterna. A partir daí teremos a sensação de afogamento todas os instantes, sem a clemência da morte. Estar vivo se configura como a pior das formas de tortura. Porque saberemos que sofreremos para sempre. Fogo e água. A dor é o estado intermediário entre a vida e a morte. E a tristeza é a sua consciência. De que não escaparemos jamais do estado ambíguo da extinção da chama da vida, a partir dos castigos das ondas da morte, sem nunca saber a origem e o fim, nos anularemos sempre e sempre, no intervalo sádico de duração de tempo ignorado.

Nos dias que se seguiram, continuei ligando para a Ginger, sem nunca conseguir falar com ela. Um dia, fui até a casa dela, mas no caminho desisti. Sabia que não ia adiantar. Outro dia, ao saber que ela ia voltar para casa de metrô, esperei-a na catraca por quatro horas. E, quando percebi que estava sendo um completo idiota, esperei mais uma hora. Pode rir. De tão idiota, até parece que já contei essa história. É isso. A minha vida de repente se transformou numa eterna repetição. De memórias que vão e voltam. Hoje fiquei parado no elevador um tempão subindo e descendo. Não, não fiquei louco. Ainda. Eu estava lembrando o que a Ginger me disse e como aplicar isso no meu livro. Mas é claro. A vida ainda é a melhor matéria-prima para a arte. Para a minha arte. Quando percebi que eu tinha subido e descido muitas, mas muitas vezes, lembrei um diálogo que tivemos na segunda vez que eu a encontrei no Passenger. Na verdade eu a estava evitando. Por quê? Ora, porque eu tinha medo. Eu não queria me apaixonar. Não queria mais essa impossibilidade. Mas uma hora ela me cercou e tive que conversar com ela.

— É impressão minha ou você está fugindo de mim?

— É. Eu estou.

— Fugindo por quê?

— Na verdade não estava fugindo de você especificamente.

— Estava fugindo de quê, então?

— Hum... na verdade estou fugindo do amor.

Então, ela riu alto alto como de costume das minhas idiotices e disse:

— Ei, não fuja do amor. Fique parado. Assim pelo menos o amor pode te alcançar.

Essa era a Ginger. E, ironicamente, desta vez quem estava fugindo era ela.

Lembranças remotas

Sim. Memória agora é a única coisa que eu tenho da Ginger. Fiquei pensando. Depois da anestesia, da dor, tristeza, acho que vem a resignação, uma aceitação a contragosto. Você tem que aceitar o que não aceita de jeito nenhum. Assim, eu lembro todos os dias muitas coisas que aconteceram com a gente. Hoje, mais do que nos outros dias, senti falta dela. Às vezes, eu me pego imaginando que ela está ao meu lado. É uma sensação muito estranha. Sentir a presença física e não poder ver, tocar, sentir de verdade. Por isso, hoje lembrei o dia em que estávamos distantes, mas sentimos a presença um do outro. Como? Ginger tinha viajado para uma cidade do interior para um simpósio, e eu gravei um CD para ela. Quando percebi que a noite era de lua cheia, eu liguei para ela.

— Gui, tenho uma ideia.

— Pô, estamos separados a menos de um dia. Não parece muito desesperador? Seja homem. Tá tarde também.

— Para de debochar. É uma boa ideia. Tem como tocar o CD que te mandei aí?

— Acho que sim. A Aninha cedeu o quarto dela e tem um aparelho aqui.

— Tem uma janela aí?

— Mas é claro que tem – ela desdenha.

— Dá pra ver o céu dessa janela?

— Deixa ver. Dá sim.

— Tá vendo que é lua cheia?

— É sim. Não tinha reparado.

— Tenho uma ideia.

— Isso você já disse.

Grrrrrr.

— São 12:35. Coloque o CD e dê play, digamos às 12:45.

— Por quê?

— Porque eu também vou dar play com as mesmas músicas daqui. E olhar para as estrelas. E a lua. Mesmo distantes, ouviremos as mesmas músicas e olharemos para as mesmas estrelas. Será como se estivéssemos juntos.

— É. Melhor desligar agora.

— Por quê? Não gostou da ideia?

— Não, idiotinha. Se continuar falando vai passar o tempo.

— Ah, ok, ok. – sorri – Beijos.

— Beijos.

Fiquei imaginando ela ouvindo as mesmas músicas e olhando para as mesmas estrelas que eu. De fato, parecia mesmo que ela estava comigo, de algum modo conectados. E isso era tudo o que eu queria sentir agora. Gostaria mesmo que ela estivesse aqui. *Wish You Were Here.* Eu tenho uma música que fala exatamente isso. Acho que se bobear tirei essa ideia dessa música. Não, não é do Pink Floyd. É do Incubus. Confesso que não gosto muito da música. Melodia. Mas a letra... é poesia pura. Procuro a minha pasta de letras de música. E pego a letra de *Wish You Were Here.* Já que não gosto muito da melodia, vou ler só a letra.

Wish You Were Here

I dig my toes into the sand
The ocean looks like a thousand diamonds strewn across a blue blanket
I lean against the wind, pretend that I am weightless
And in this moment I am happy

I wish you were here

I lay my head onto the sand
The sky resembles a back-lit canopy with holes punched in it
I'm counting UFO's, I signal them with my lighter
And in this moment I am happy

I wish you were here

The world's a rollercoaster
And I am not strapped in
Maybe I should hold with care
But my hands are busy in the air saying:

I wish you were here

Eu enterro meus dedos do pé na areia
O oceano se parece com mil diamantes espalhados em uma colcha azul
Eu me inclino contra o vento, faço de conta que não tenho peso
E nesse momento estou feliz

Eu queria que você estivesse aqui

Eu deito minha cabeça na areia
O céu lembra uma copa de árvore iluminada, cheia de buracos
Estou contando OVNI's, faço sinais para eles com meu isqueiro
E nesse momento estou feliz

Eu queria que você estivesse aqui

O mundo é uma montanha-russa
E não estou preso a ela
Talvez eu devesse me segurar com cuidado
Mas minhas mãos estão ocupadas no ar para dizer:

Eu queria que você estivesse aqui

Não é fantástico? Abro a janela e fico olhando para as estrelas. Desejando que a Ginger também estivesse olhando. Adapto a última frase do filme de mestre Imamura, *A Enguia*. "Se você desejar com todo o seu coração, ela volta." Desejo em seguida do fundo do coração que ela volte. De repente pensei em algo. Abro os olhos e as estrelas brilhavam como se soubessem. Num acesso de loucura desejei que elas levassem esse recado a Ginger. Como se ela realmente estivesse olhando as estrelas. E eu juro, por tudo que é mais sagrado, que senti que ela estava olhando de verdade para as estrelas. E que, embora estivesse decidida sobre mim, ela sentia saudades e pensou em mim. Aliás, ela pensava em mim nesse exato momento. Como sabia? Eu sabia. Tinha certeza. Só não sei explicar. Mas eu sabia. E sentia saudades. Uma saudade prolongada que se estendia diante da belíssima paisagem noturna. Que junto com a infinitude da extensão e da quantidade de estrelas, ao invés de me oprimir, diluía e arejava a minha alma. Só um pensamento me perturbou. Como quem interpreta a passagem do cometa como uma queda, tive a impressão de que eu sentia mais saudades do que tínhamos do que da própria Ginger. Será que eu estava começando a esquecê-la?

Fiquei pensando. Eu, nós, nos apegamos à memória ou às pessoas? Nós amamos o sentimento (ou a ideia do amor) ou de fato amamos o objeto (as pessoas)? Fiquei pensando, quando eu me apaixonei pela Ginger. Será que foi quando ela me ofereceu a água ou foi quando ela me estendeu o CD ou foi quando ela disse que também era uma perdida? Será que foi quando ela disse que "blues de cortar os pulsos" era sua condição ou será que foi quando disse que o que eu escrevia era bonito? Foi antes ou depois?

Será que foi quando ela me beijou, ou será que foi quando ela fingiu que não sabia dançar ou será que foi quando nós transamos? Qual foi o momento ou o instante exato? Na certa, eu jamais poderia determinar o instante exato em que me apaixonei. E quando será que ela se apaixonou por mim? A minha paixão era pela pessoa ou pelo que sentia por ela? Era o significado ou o significante? Era verbo, palavra, entonação, timbre, volume ou era simplesmente sua boca se mexendo? Onde começava a Ginger e onde terminava? Agora, passado algum tempo, (parece frio dizer assim) mas *quem* ou *o que* era a Ginger?

Ela existia? Meu sentimento por ela existia? Se fosse apenas o sentimento, eu poderia amar e ter as mesmas sensações com outra pessoa? Apegar-me somente ao sentimento e continuar suprindo o sentimento sem precisar estar com a Ginger? O que era e qual era a química que me fazia sentir tudo o que sentia por ela? Logo, depois de tudo desconjuntado, desestruturado e desmontado, ainda era algo a se levar a sério? Como se deu? O que se deu? Por que se deu? Por que estou assim?

O amor também estava sob a influência da memória? A imagem ou o sentimento residual gravava uma chapa na minha cabeça, formando placas e placas de memória, e fazia com que eu me apaixonasse por essa ideia gravada, ou por quem produziu tudo isso? As duas coisas eram interdependentes? Será por isso que, com o passar do tempo ou com o passar de muito tempo, o sentimento não sobreviveria sem o objeto, ou seja, quem produziu o tal sentimento? Enquanto estamos junto da pessoa ou com a memória afetiva recente, não conseguimos dissociar o sentimento da pessoa? Fico confuso. Nós nos apaixonamos pela pessoa ou pela ideia? Eu acabei voltando para a pergunta inicial? Agora que estávamos separados, o que eu realmente sentia falta era da presença física da Ginger ou era do que ela emanava? Se a Ginger ficasse paralisada (animação suspensa, pelo amor de Deus) e eu ficasse do lado dela, eu continuaria apaixonado por ela? Eu continuaria sentindo tudo que sinto e sentia? O amor era alma ou corpo? Quem ela era? Ou o que ela era? O que era ou o que é o amor? O que eu estava sentindo? O que estou sentindo? Afinal, depois da ausência, o que pode sobreviver? Eu, sinceramente, não sei a resposta. Eu só sei o sentimento que vem depois disso. Depois disso vem a anestesia. A segunda anestesia. Desta vez mais branda. Mas que, com a passagem do tempo se transforma em algo perigoso. Algo muito perigoso. Mas aviso que o que estou dizendo não é lei nem regra, tampouco tem embasamento científico. É apenas o que estou sentindo. Ou o que eu senti. É idiossincrático. Eventualmente, você também pode se sentir assim ou já se sentiu. Mas é, basicamente, a minha experiência. Tá legal? Tá legal. A segunda anestesia vem como conforto. Você esquece a dor, a tristeza, até a ausência (da pessoa ou sentimento). Tudo vira uma rotina mecânica e você prossegue como quem está acoplado aos ponteiros do relógio. Acompanha e gira nas mesmas posições do relógio, como se fosse o próprio relógio. Mas o que é a segunda anestesia? Eu tenho a definição perfeita. É quando você começa a se questionar assim: "preferia sentir dor do que não sentir nada". Bingo. Você está na fase da segunda anestesia.

Agora, como se passa para a próxima fase? Como tudo isso evolui para a fase perigosa? Antes, creio que é preciso analisar dois aspectos. Desculpe se estou agindo como cientista ou professor. Só estou tentando externar a minha teoria, que por acaso é a minha vida. E, com alguma sorte, também pode ser a sua. Algo me diz que tem muita (mas muita mesmo) chance de que eu esteja realmente certo. Mas, antes dessa análise, preciso primeiro analisar o componente maior e permanente que influi decicivamente para a evolução para o próximo estágio da dor: a solidão.

Aspecto 1: O malefício da solidão.

Ah, isso é muito fácil de explicar. A solidão te fode, fode e fode. Tá legal? Legal.

Aspecto 2: O grande, mas baita de grande mesmo, grandicíssimo benefício da solidão.

Acho que eu tinha uns dez anos. Dez para onze, acho. Estranhamente, me lembro do pátio da escola. Creio que era a hora do recreio. Devia estar (a memória é imprecisa) com alguns colegas da sala, mas de repente fez um clique (literalmente. Diria que a minha percepção teve realmente essa onomatopeia. Ou o meu cerébro está inventando essa história como uma simbologia. De qualquer maneira, acredito ser perfeitamente possível). Eu estava com algumas pessoas à minha volta e olhando distraidamente para o pátio. A imensidão do lugar (o pátio era bem grande e aliado à minha pouca idade...) que me levou alguns segundos de contemplação que esvazia a alma (pois eu me sentia como se tivesse inspirado todo o ar em volta) e em seguida teria tentado acompanhar as conversas dos meninos ao lado. O meu total desinteresse por tudo e a tristeza repentina que me invadiu me fez sentenciar a verdade que me acompanharia (talvez) para o resto da minha vida: "eu sou solitário". Penso. Será que foi isso ou foi quando eu descobri o significado da palavra "melancolia"? Acho que sempre serei traído pela memória quando se trata da origem da minha solidão. Origem não. Talvez o desenvolvimento. É possível que eu tenha nascido com isso. O fato é que depois da constatação e as primeiras dores de solidão, tentei comungar com as outras pessoas. Mas tudo que ouvi foram reações que variavam na escala entre incompreensão, completa indiferença, preocupação dissimulada e escárnio. Depois disso eu tive uma segunda ruptura. Ao perceber que ninguém me entendia, comecei a ter vergonha dos meus sentimentos e fui gradativamente me isolando. Curiosamente, de mim mesmo. Eu me isolava dos outros e me isolava de mim mesmo usando o meu corpo como anteparo. Com o passar dos tempos eu me tornei uma pessoa por fora e outra por dentro. Depois vieram outros acidentes grandes e pequenos e me transformei em um estrangeiro incapaz de me comunicar. O mundo ao meu redor se tornou uma terra estrangeira com línguas e palavras incompreensíveis e eu só circulava a minha voz, que virou eco dentro de mim e que nunca encontrava a saída. Homem-Cebola. Pode rir, mas é o que eu sou agora. Camadas e camadas de solidão engendrada a partir do nada e guardando a essência do nada. Uma ostra com uma pérola feita de lágrima. Dor sobre dor, dor superposta à dor, dor entrelaçada à dor, dor compactada à dor. Ok, agora você pode me perguntar. Que benefício pode ter essa porra de solidão? Andei pensando esses dias. No mundo são mais de seis bilhões de pessoas. O número por si só já é massificante. Agora, imagine. O que faz com que nós nos diferenciemos da multidão? Como adquirir a individualidade no meio de tantas pessoas? De que maneira podemos saber mais sobre nós mesmos, espontaneamente? Está entendendo aonde quero chegar? Não será a solidão que nos dá o conhecimento sobre nós mesmos? De tanto refletirmos e sermos introspectivos, não é ela que nos dá a individualidade que temos? Na verdade, o mal que nos isola nos devolve a nós mesmos. O terrível incômodo que faz com que nós não consigamos ficar com ninguém, faz com que estejamos conosco. Se eu realmente acredito nisso? Não sei. É só uma mera especulação. Mas acredito que é uma pista muito boa. Se isso for verdade, a solidão realmente tem um enorme e gigantesco benefício. Mas, por ora, a única coisa de que tenho certeza é que sou solitário. Desde que me conheço por gente. Onde quer que eu esteja, com quem quer que eu esteja e o que quer que eu faça. Sou um solitário. Eu assumo.

O estágio final e perigoso

Como vimos (pareço mesmo um professor falando. Hahahaha), a solidão é onipresente. Por isso, depois da segunda paralisia você volta a sentir dor porque a dor da solidão, como disse, é onipresente. Gradativamente, ela vai se instalando (ou voltando), mas desta vez com uma intensidade diferente. Diferente porque pode voltar com uma carga de revolta, fazer acreditar que o mundo é injusto, você não merece isso, não foi para tanto, deve haver um jeito de mudar, eu tenho que mudar, ela foi injusta, ela não me amava o suficiente, porque as coisas devem ser assim, etc, etc. A última fase ou o último ciclo da infinita repetição da dor chama-se desespero. E no meu caso, o estopim foi o bilhete da Ginger que encontrei na caixa de fósforo: "amor às vezes é presença. Mesmo que esteja distante". O que ela quis dizer com isso?????

Estou remoendo já faz mais de uma semana o que já virou pó. O pó eu remoí mais um pouco e virou uma areia fina. Tão fina, tão fina, que nenhuma peneira de culpa poderia mais reter. Foi então que eu explodi. Por quê? Por quê? Levantei-me de súbito e derrubei a cadeira. Varri a escrivaninha com a mão, espalhando o papel e as canetas pelo chão. Fui até a estante e chutei-a. Andei até a mesa e vi a faca em cima. Instintivamente lancei a mão e a peguei. Fiquei olhando para a lâmina afiada e comecei a rir. O próximo estágio depois do desespero era a insanidade? Ao me dar conta de quão ridículo posso estar sendo, me sentei. Fiquei pensativo por alguns minutos ainda com a faca na mão e me levantei decidido. Andei até a estante, comecei a tirar os livros furiosamente e jogar todos no chão, sem dó. Depois, peguei um aleatoriamente e fiquei sacudindo com violência. O que estou fazendo? Estou procurando os bilhetes da Ginger. Resolvi canalizar a minha loucura, meu desespero, para uma coisa boa. Não sei se é boa. Mas é a única coisa em que eu consigo pensar. Depois de algumas tentativas, "bingo!", encontro um bilhete. Sem ler, coloco em cima da escrivaninha. Agora parto para o armário, fico esvaziando caixas e sacolas e procuro no bolso de camisas e calças. Abro também as gavetas. Vasculho cuidadosamente tentando transformar o desespero em algo positivo. Mas, com o passar do tempo, o puro desespero vem à tona. Logo estou procurando os bilhetes, como se fosse a minha tábua de salvação. Encontro mais dois. Mudo o foco para o sofá, nem o colchão disfarçado de cama escapa. Depois de checar a sala, vou até a cozinha. Reviro panelas, potes e até os copos onde não faz o menor sentido procurar. À medida que vou encontrando os bilhetes, vou ficando cada vez mais alucinado em encontrar mais e mais bilhetes. Após terminar a cozinha, parto para o banheiro. Abro o compartimento do espelho e fico olhando por dentro de uns potinhos com conteúdo vencido, pensando que aqui a Ginger nem teria a coragem de tocar. Mas não é que encontro um bilhete? Pego com cuidado, limpo cuidadosamente o papel e levo até a escrivaninha como se fosse o filhote de algum bicho de estimação. Volto correndo para vasculhar ainda mais. Do vaso eu desisto. Peguei até uma cadeira para olhar o chuveiro, mas desisto antes de colocar os dois pés em cima dela. Onde mais eu poderia procurar? Debaixo do tapete, frestas da porta... Espera! Geladeira! Quase caio ao entrar na cozinha apressado demais. Abro a porta da geladeira com tanta força que a porta quase cai. Por um momento penso: Será que ela colocou alguma coisa aqui? Abro o congelador e fico olhando uns poucos pedaços de carne e frango congelados e crostas grossas de gelo. Em seguida tenho uma ideia. Começo a tirar um a um os alimentos, verduras e tudo o que está na geladeira e coloco na mesa ao lado. Não antes de verificar meticulosamente a possibilidade de cada um deles esconder a mensagem redentora da Ginger. E, antes de executar o meu plano, que com certeza revelaria mais um bilhete (sabe quando você tem certeza absoluta de uma coisa?), fico revirando o microondas. Quando não encontro nada, eu coloco o meu plano em ação. Aperto o botão "degelo" da geladeira. O gelo do congelador começa a derreter aos poucos. Fico impaciente, mas não consigo ficar parado. Vou para a sala e tiro as almofadas do sofá (detalhe é que eu já tinha feito isso), aliás arrasto o sofá e a mesa na tentativa diferente de encontrar o bilhete. Nada. Volto para a cozinha. É a hora de olhar se a minha intuição estava realmente certa. Abro a porta e olho direto para o congelador. Bingo! Descubro não um, mas dois papéis boiando em meio ao gelo derretido. Eu sabia. Eu tinha certeza de que ela colocaria os bilhetes aqui. Se ela colocou dois, deve ser porque foram os últimos. Pego novamente com cuidado os papéis, seco com mais cuidado ainda e levo até a escrivaninha para juntar aos outros filhotes. Agora sim, estou feliz como nunca estive em muito, mas muito tempo. Busco até o secador. Agora sim. Pego os bilhetes um a um, como se fossem placas comemorativas ou as últimas figurinhas que vão completar o álbum. Enfileiro para ler com mãos quase trêmulas, como se deles dependesse a minha vida. E de fato dependia.

"Quando estou com você, parece que estou comigo." "Paradoxo do tempo: como é que o tempo parece parar, mas no fim andou rápido demais?" "Quando meu sol se vai, você traz suas estrelas." Fico pensando que quem deveria escrever livros é ela e não eu. "A triste constatação do amor é que a gente vive apenas uma vez. A alegre constatação da intensidade do amor é que a gente vive apenas uma vez." Mas o que me desmonta é o bilhete mais simples e clichê que alguém poderia escrever. Um simples "eu amo você". Ela sabia. Ela deveria saber que esse era o mais importante e poderoso de todos. Ela caprichou na caligrafia e vejo a força com que cunhou as letras. Apesar das minhas dúvidas, ela me amava de verdade. Ela amava... De repente sofro mais do que nunca. Levo a mão à cabeça involuntariamente e a minha respiração fica ofegante. Eu tinha cometido o maior erro da minha vida. E nada podia ser feito. Não depois do ultimato que ouvi da Ginger. Termino de ler o restante dos bilhetes e fico ainda mais triste. Junte a dor da separação e da impotência. Nada podia ser feito. Fico olhando para os papeizinhos espalhados pela escrivaninha. Subitamente começo a contar os bilhetes. Conto novamente com os do pote também. 26, 27, 28, 29. 29! Ela tinha dito que eram 30. Ainda falta um! Como se fosse um reflexo, levanto não sei por que as almofadas do sofá. Começo a vasculhar a sala inteira novamente, passo pela cozinha fazendo uma inspeção moderada, mas, ao entrar no banheiro, me limito a dar uma olhada rápida. Volto frustrado para a escrivaninha. Fico olhando novamente para os bilhetes e depois guardo com cuidado no potinho. Agora fixo a minha atenção nela. O amor estava aprisionado. Eu estava aprisionado. De repente me enxergo sentado no fundo do pote, abraçando as pernas. Ainda fico olhando um tempão para o pote, mas, ao descobrir a única coisa que talvez eu possa fazer, me levanto. Pego a garrafa de whisky e um copo. Está pela metade. Mais uma metáfora. Sou uma garrafa pela metade. Que nunca fica cheia, nem vazia. Uma eterna garrafa pela metade. Um morno. Inepto, inadequado e eternamente deslocado. Encho o copo. Faço questão de deixar na metade. Viro de uma vez. O cheiro e o gosto amargo sobem pelas narinas. Ah, se a minha dor também pudesse evaporar. Aos poucos vou ficando bêbado. Entre o riso seco de lamento e todas as lembranças que se tornaram dolorosas, tento me apoiar nas partes que deram certo. Quando disse as coisas certas e fiz as coisas certas. Logo, o riso seco se transforma em riso contínuo, mais suave e silencioso. Invoco o deus do esquecimento. Era a única solução. Esquecer. Eu podia deixar de ser eu mesmo. Mesmo que fosse apenas por uma noite. Eu podia ser alguém mais alegre, feliz, cheio de amigos. Eu poderia encher o meu apartamento de pessoas e andar entre elas com desenvoltura e traquejo social. Por um momento até consigo imaginar isso. Até enxergar o pote de novo. Lá dentro, me vejo novamente encolhido. Fico virando o pote tentando ver o rosto, mas não consigo. Virei mais algumas vezes e num impulso súbito afastei o pote para longe. Porque eu sabia. Ele estava chorando. Copiosamente.

Tragicômico

Acordo sonolento e com um pouco de dor de cabeça. Mas, na verdade, acordei porque tive uma ideia. Me levanto apressado, cambaleando e lavo o rosto rapidamente. Troco de roupa, ajeito o cabelo de qualquer jeito e saio batendo a porta. Aliás, meus gestos estão cada vez mais acelerados. Espero impacientemente pelo elevador que não chega e resolvo sair correndo. Desço as escadas voando e grito no hall pedindo para o Severino abrir a porta. Escorrego até o portão e continuo correndo pela rua afora. É a segunda vez que imito Forrest Gump, você sabe. Mas desta vez a minha urgência pode ter um desfecho feliz. Por isso corro que nem louco. Louco. Na verdade essa corrida insana termina aproximadamente cinco quarteirões depois, obviamente desnorteado pela falta de preparo físico. A partir daí, até a chegada ao destino é em código morse. Explico. Uma corrida e uma parada. Uma corrida e uma parada. Ou parada e corrida ou andando-correndo, correndo-andando. Sem graça eu sei. Mas a minha vida tá lá com graça ultimamente? Depois da minha corrida de pirata da perna de pau (essa você pegou, né?) chego aonde queria. Entro ofegante na loja.

— Er... Você lembra de mim?

— Não.

— Não? Eu vendi minha coleção de Sandman esses dias.

— Ah, tô lembrado.

— Você já vendeu?

Suspense. Você está entendendo por que corri até aqui? Não? O último bilhete. A Ginger pode ter escondido na coleção do Sandman.

— Vendi.

— O quê??? Você vendeu????

— Meu, é uma coleção de Sandman. Você acha que ia durar?

— Você vendeu??? Vendeu????? – fico agressivo – Você tá louco? Como vendeu? Vendeu pra quem??????

— Ei, calma. Sei que você está arrependido. Achei mesmo que ia ficar arrependido. Você é louco de vender assim a coleção inteira de Sandman?

— Pra quem você vendeu?????

Quase seguro no colarinho do dono da loja.

— Ei, calma. Já disse!

— Pra quem você vendeu??????

— Er... Eu não sei.

— O quê??? Como você não sabe? Não foi cliente da loja?

— Era um moleque novo. Eu nunca tinha visto.

— Mas você anotou os dados dele, não anotou?

— Meu, onde você acha que está? Anotei seus dados quando eu comprei? Quem é que anota o nome das pessoas para quem vende?

— Isso aqui não é um sebo? Não tem cadastro?

— Você quer me ensinar como tocar meu negócio? – ele também se irrita.

— Eu preciso desse Sandman!

— Entendi. Vou anotar o seu endereço – debocha – assim quando chegar uma outra coleção eu te aviso.

— Porra! Eu preciso desse Sandman! Pra quem você vendeu??????

— Você é um vendido!

Escuto a frase num tom de briga perto do balcão.

— É isso que você é. Um vendido. Olha só a roupa que você está usando. Cadê o Big Bud? Cadê? Hahaha.

Dou uma olhada e vejo o que foi outrora "Big Bud" rebatendo debilmente o argumento do seu ex-companheiro "chave de cadeia punk". Mas vejo que o clima começa a esquentar. Ainda bem que o Paulão está na pista. O BB (Big Bud) fica agora sem reação, só ouvindo, e deixa sua mão parada muito tempo na garrafa de long neck. Perigo, perigo! gritaria o robô do "Perdidos no Espaço".

— Você traiu o movimento.

— Movimento retilíneo uniforme ou uniformemente variado? – não sei por que realmente tô me metendo nessa. Olho para o balcão de relance e vejo o Dimi estranhar.

— Quem é você? – o ex-companheiro de Bud me encara, mas, ao perceber que sou o DJ da casa, se acalma um pouco.

— Esse aí é uma desgraça – diz, buscando a minha aprovação deduzindo que, pelo fato de eu parecer da idade deles e trabalhar num bar de rock alternativo, eu devo entender as "causas" dele.

O BB parece se irritar um pouco mais.

— Ei, ele não era seu amigo?

— Dos melhores. É por isso que estou irritado.

— Mas que porra! Irritado estou eu! Não basta ser seu amigo, caralho!

Os dois me olham de um modo estranho, enxergando o exagero.

— Porra, se você não sabe respeitar as diferenças, como é que quer conviver com os outros? – caralho, eu disse isso? Um sociopata de primeira? – Melhor. O que somos no fim das contas? Nos definimos pelas roupas que vestimos? Ok, ideologia. O que acreditamos. Vocês podem não concordar. Mas, além da ideologia, analisando a fundo, o que será que realmente importa? Se reduzirmos tudo à essência, o que será que vai restar? Luta de classes? Disputa pelo poder? O meu é maior que o seu? Eu tenho e você não tem? Meus amigos, nascemos da mesma mãe-miséria. O que nós podemos fazer um ao outro, a não ser um pouco de conforto?

Afasto-me ao terminar a minha fala, e eles parecem entender o que eu disse. Silenciam, tomam goles de cerveja, mas logo depois reiniciam a discussão: "você é um traidor". Ai meu saco.

Quando me sento no balcão percebo que plagiei a frase do guru coreano. Guru coreano. Que piada. Mas me diga. Na nossa quintessência do pó, o que realmente será importante?"Quintessência do pó." Isso não é de Shakespeare? Mais um plágio? Era plágio, referência ou repetição? Se for plágio, a minha vida também é um plágio? Estou imitando a vida de alguém? A minha vida é uma cópia? Ainda por cima malfeita? Mas, se a minha vida é uma cópia, onde está o original? A minha vida original é estar com a Ginger e ser um escritor bem-sucedido? Onde é que passo para essa vida? É só pular a página que a minha vida muda de sorte? Como faço isso?

— Ei, eu vi você aí. Quer uma bebida? – É o Dimi tentando me animar.

Olho bem para ele. Se tinha alguém realmente autêntico, era ele. Podia falar o que fosse dele, mas o seu coração puro ninguém podia mudar.

— Tenho inveja de você.

— Ora, ora, o que é isso. Eu ouvi direito? Mas que viadagem é essa? – sorri sarcástico – Vejamos. O mais marrento, cascagrossa e orgulhoso DJ da cidade tem inveja de mim. Um barman pobre coitado. Eu jamais poderia imaginar um sentimento assim vindo de você.

— Nem eu.

Paira um silêncio.

— Você está deprimido?

— Isso sim é um sentimento que eu desconheço.

— Isso é ironia?

— Não. A minha solidão é quase congênita. A minha natureza. Nunca pensei um dia sequer que eu fosse um deprimido. Eu sou assim. É o meu estado natural e permanente. Eu não poderia dizer que sou deprimido, porque isso parece um estado passageiro e me soa pejorativo. Por mais triste e melancólico que seja, eu aceito a minha condição. No fundo, no fundo não tenho vergonha de ser assim. Eu sou assim – após uma pequena pausa – "Congênita" você conhece essa palavra, certo?

— Sim. Mas posso dizer que eu não entendi tudo?

— Pode – sorrio.

— Mas que inveja você teria de um pobre barman?

— Coração. – sem querer repito a palavra da Ginger.

— O quê?

— Coração. Você tem coração.

— O que isso quer dizer?

— Quer dizer que você é gente de verdade.

— Hahahahaha. E você? Você não é gente de verdade?

— Não. Ainda não sou.

— Que conversa esquisita é essa? Vamos lá. Toma uma. É por conta da casa – Dimi sorri contrariado, mas já colocando uma dose apressado na mesa.

— Não. Não quero – Acho que, pela primeira vez, eu recusei uma bebida no Passenger. E talvez por muito, muito tempo da minha vida – Vou embora.

Me levanto decidido e saio pela porta. Começou uma garoa que em seguida engrossou. Voltei para casa sem me importar com a chuva que caía. E, novamente, mas agora de propósito, eu plagiava, referenciava e, o pior de tudo, eu repetia.

Como você sabe que uma história acabou? Como você sabe que é o fim? Como determinamos o corte seco que define o fim da história? Minha história poderia ter terminado quando a Ginger foi embora. A minha história poderia ter terminado quando a minha mãe faleceu. A minha história poderia ter terminado quando eu botei fogo no manuscrito. Ou, para ter um fim otimista, a minha história poderia ter terminado quando passei no vestibular, ou com o diálogo com a Ginger em que a peço em namoro e que digo que é para sempre e sempre. Mas será que poderia terminar quando eu acabo de escrever o meu livro? Poderia terminar quando eu vejo o meu livro na vitrine da livraria? Ou será que poderia terminar milagrosamente com o meu reencontro com a Ginger? Eu não sei. É como o papel em branco que estou olhando faz meia hora. Que história eu deveria escrever para ter o fim que eu desejo? Pego a caneta. Pensei em escrever sobre o vazio existencial de Julien. Deito a caneta. Pego a caneta de novo. Pensei em escrever a Kubikova dizendo que faz mais frio dentro dela do que lá fora na República Tcheca. Não, não é isso. Deito a caneta de novo. Não é nada disso. Fico tentando buscar uma motivação. Melancolia, tristeza, solidão, não, não era nada disso. Mas é só isso que eu sabia escrever. Só isso que eu sabia conjugar. Mas, por mais que minha vida seja uma montanha-russa tinha que haver algo mais. Me concentro em entender o que estou sentindo. Não estou triste. Na verdade, estou com uma insegurança. Um pouco de medo de que o meu fim seja trágico. Evitando indagar se eu conseguiria encarar a beleza de um fim trágico. Sim, eu poderia. Eu definitivamente poderia. Pego a caneta. Fico indeciso um tempão, se é isso mesmo que eu deveria escrever. Se era isso que eu queria. Se é isso que eu desejo para a minha vida. "Mas isso é arte." Uma parte de mim questiona. "Mas também é a minha vida." A outra parte respondeu. De repente uma melancolia me invadiu. Eu não era capaz de encontrar outras soluções, a não ser uma belíssima mas profunda e dolorosa tragédia. Aproximo a caneta. Não sei se foi a minha mão que tremeu ou a indecisão que me fez bater a caneta na escrivaninha. Ela caiu debilmente, de bico. Por um momento achei que ia fincar no chão. Cacete. Só faltava essa. Só tenho essa caneta. Me abaixo rapidamente para pegar a caneta e na hora de levantar a cabeça bato-a por baixo da escrivaninha. "Uh!" A dor me obriga a baixar a cabeça de novo. Fecho os olhos e ao abrir avisto uma das pernas do móvel. Vejo um papel branco dobrado em baixo. Não lembro de ter colocado nenhum calço aí. Ainda esfregando a nuca, levanto a escrivaninha e puxo o papel. A minha mão treme um pouco. Reflexo do meu estado emocional. Sim, você também já sabe. Era o último bilhete da Ginger. Pensei em devolvê-lo para o lugar de onde o tirei. Penso em ler quando eu realmente precisar de algum incentivo. Para aqueles momentos em que a vida realmente se tornar insuportável. Fico segurando o bilhete sem abrir. Penso também em jogar fora sem ler. Mas isso seria meu atestado de desaprendizado. De que eu ainda sinto culpa, dor e ressentimento. Mas eu não continuo sentindo? Numa súbita decisão eu abro o bilhete. O que isso poderia me fazer? Eu li. Li de novo. E li de novo. Meus olhos se embaralharam.

"Se um dia a gente não estiver mais juntos, saiba que tudo que eu quero é que você seja feliz." Quem premeditou isso? Era o maldito destino? Coincidência? Ironia? Era uma piada de mau-gosto? Por um momento bradei contra a vida premeditada, mas me convenço de que a probabilidade de ter encontrado o bilhete era a mesma de nos termos separado. "Se um dia a gente não estiver mais juntos, saiba que tudo que eu quero é que você seja feliz." "Se um dia a gente não estiver mais juntos, saiba que tudo que eu quero é que você seja feliz." As palavras me martelavam como se fossem o último capítulo de algum dos meus livros favoritos. Mas o que eu entendia disso? Tudo que eu queria era estar com a Ginger. Essa era a minha condição de felicidade agora. Desejar que o outro seja feliz em qualquer circunstância? Isso era o verdadeiro amor? Mas o que era preciso fazer para que isso fosse verdade? Como poderia ser feliz sem a Giger? Quem eu sou e o que devo fazer? Com todas as minhas imperfeições e limitações, o que deveria fazer? Todas as perguntas do curto período de tempo e também da minha vida toda vêm à tona. O que devo dazer? O que devo viver e o que devo escrever... Procuro respostas desesperadamente. "Se um dia a gente não estiver mais juntos, saiba que tudo que eu quero é que você seja feliz." O que isso tem a ver com a minha vida de eterna queda? Ah... Ah... "Perto do coração selvagem"... Sacrifício. Sentimento puro. Desejo puro. Vontade pura. Um, único desejo. Um, único sentimento. Uma, única vontade. O significado do amor era maior do que eu pensava. E, por incrível que pareça, estava também presente na minha vida de eterna queda. Eu precisava amar a vida. Acima de tudo. Sobretudo. Mais do que tudo. A minha vida de queda-livre. Era isso que era necessário para vencer o meu egoísmo, vaidade, e o maior vilão de todos, a minha autopiedade. Lembrei-me de um poema de D.H. Lawrence.

Self-Pity

I never saw a wild thing sorry for itself.
A small bird will drop frozen dead from a bough
without ever having felt sorry for itself.

"Eu nunca vi nenhum selvagem ter pena de si mesmo. Um pequeno pássaro pode despencar congelado do galho sem nunca ter pena de si mesmo." Se um animal não tinha pena de si mesmo, por que nós tínhamos que ter? Por que tínhamos que nos importar tanto? No fundo, a autopiedade não vinha da vaidade? Temos pena de nós mesmos porque achamos que valemos mais do que os erros que estão acontecendo. Mas por que, ao invés de ter pena, não nos esforçamos para mudar? Porque, além de todos os problemas, temos medo. No fim, temos medo de não sermos suficientes. Temos medo de não termos capacidade, talento, inteligência, perspicácia. Então nos sabotamos. Temos pena, desisitimos, contentamo-nos com migalhas e nos conformamos. Mas, de vez em quando ou de vez em muito, a fagulha que há lá no fundo, a vontade do lá do fundo sempre reclama. Daí, ela entra em conflito com a nossa apatia e nos frustramos, adoecemos e sofremos. E quando a alma morre nós também morremos. Morremos em vida. Ou mentimos para o resto de nossas vidas que a vida é injusta. Mas injusta para quem, se você mentiu para você a vida inteira? Então, o que fazer? Eu que pergunto. O que fazer? Quer saber o que eu disse na minha última aula para os meninos, quando percebi que tinha sido (por incrível que pareça) somente perseverante, inspirador e eloquente? Disse assim: "vou te dizer agora a suprema sabedoria que aprendi. As palavras mágicas. É muito importante." Vi a garotada pegando a caneta e o caderno, dei risada por dentro. Os olhos deles brilhavam. "As palavras são...." ninguém tirava os olhos de mim e alguns engoliam em seco. "As palavras mágicas são... FODA-SE. É isso mesmo. É FODA-SE." Muitos riram e muitos ficaram duvidando se realmente eles tinham ouvido isso. "É isso ai. A palavra mágica é "foda-se". Você não é obrigado a aguentar nada. Mas também o que eu quero dizer não é rebeldia pura e simples. Quero dizer que você tem liberdade, permissão para fazer o que você quiser. Do jeito que quiser e, mais do que isso, fazer do seu jeito. Acredite em você. Acredite nas suas ideias, suas decisões, por mais idiotas que possam parecer os seus planos. Diga "foda-se", para os que querem te podar, diga foda-se para aqueles que não acreditam em você, diga, "foda-se", para aqueles que dizem que o que você quer é impossível. E, se realmente não der certo, diga também foda-se." Todos caíram na gargalhada e alguns aplaudiram. Pedi até todos gritarem em uníssono. Deve ser um "foda-se" (talvez a única vez na história) mais alto que já se ouviu em uma sala de aula. Aonde estou querendo chegar? Ou melhor, a que conclusão eu cheguei? Simples. Eu resolvi fazer do meu jeito. Resolvi ranger os dentes e me jogar contra o moinho. Sou um idiota? Sou. Sou um imbecil? Sou. Sou um inadequado? Sou. Sou um sem talento? E daí? Foda-se. Eu vou fazer do meu jeito. Você acha que me importo se vou conseguir ou não. Não. Eu não me importo. De verdade. Mas você acha que vou desistir? Por que dizem que eu não posso? Por que, às vezes, eu mesmo digo que não posso? Dane-se. Posso falhar. É provável que eu falhe. Mas ninguém vai tirar o meu direito de tentar. Por um segundo me pergunto até quando vou conseguir manter esse sentimento. Mas no momento é tudo o que penso e quero. Pego a caneta. Pressiono com força no papel. Mas largo em seguida. Ainda preciso reunir mais vontade. Uma vontade derradeira, uma vontade em que viver ou morrer não faz a mínima diferença. Uma vontade bruta que vai fazer as noites escuras arderem em chamas. Porra, eu sei o que fazer! Vou me jogar do penhasco sem ter medo. Vou acelerar a 200, 300 km/h. Posso morrer? Talvez. Mas vou fazer do meu jeito. Vou viver do meu jeito. Vou conseguir o que ninguém conseguiu ainda. Fazendo do meu jeito, errado, torto e desprezado. Aperto tanto a caneta que ela parece se partir. Agora estou quase pronto. Vou abrir uma avenida na estrada onde todos me crucificaram, me condenaram e me disseram que eu não tenho nenhuma utilidade. Quem vai me segurar? Quem? Mas o que eu quero? Eu quero a minha redenção. Eu quero a minha salvação. Eu quero tudo que me foi tirado até por mim mesmo. Eu quero viver mais do que alguém jamais viveu. Ok. Você quer realmente saber como eu me sinto? A minha intenção de vida. Simples. Você precisa escutar uma música. Quando citei as músicas outras vezes, não sentia que realmente precisava ouvir, porque acho que meu relato já tem intenções o suficiente. Mas desta vez é necessário. Aliás, é preciso. Por isso, eu até vou esperar você procurar a música para realmente entender o que estou sentindo. Faça isso. Eu espero. Procure e ouça primeiro a música. Faça isso agora. Eu até faço uma pausa para você ouvir. A música é *Queda-livre* de Cascadura. É nacional. Achou estranho eu citar uma banda brasileira? E daí? Isso aqui é rock 'n' roll, meu irmão. Vai. Procura. Eu espero.

Escutou? Entendeu? Tá. Minha vida é em queda-livre. Sempre foi e sempre será.

Eu vou cair. Vou cair sempre. E quando me levantar só vou ter uma certeza: vou cair de novo. Mas vou me levantar. Vou me levantar sempre. E você vai ver. Eu juro, eu sempre vou me levantar, até cair de novo. Mas nada, nada nesta vida vai me impedir de tentar. Mesmo que eu morra caindo. Tentando. Que se dane. Vou viver em queda-livre. Que se dane. Vou viver. Vou viver até a última gota. Caindo. Levantando. Caindo de novo. Eu só sei viver assim. Só não poderão me acusar de não ter vivido. Não ter tentado. Não ter sido estúpido em querer viver tanto. E você vai ver. Vou sorrir no fim. Mesmo que a queda final seja fatal. Que me importa? Nasci para viver e para morrer. Quem quer viver para sempre? Enquanto o sangue circular no meu corpo, vou viver. Você vai ver, vou fazer da minha vida um belíssimo espetáculo. Vou fazer da minha vida algo extraordinário. Do meu jeito, do meu jeito idiota, vou provar para todos que vou transcender sendo exatamente o que sou: um grandicíssimo idiota. Nem que eu me queime como um fósforo, vou ter o meu momento de fogo. Vamos, meu irmão, me veja me lançar à grande labareda. Me veja correndo em direção ao monstro invencível. Me veja sorrindo, porque estou tentando com tudo que tenho e não tenho. Sublimar. Vou sublimar a minha vida com a minha arte. Misturar e incendiar a ponto de ninguém saber onde começa a vida e termina a arte. Pego a caneta. Escrevo a história do encontro entre Julien e Kubikova. Uma história com final feliz. Uma história de amor, uma história de vida, uma história de amor à vida. Uma história de encontro de verdade. Uma história de aprendizado.

A felicidade, assim como a solidão, era algo pessoal, único e intransferível.

Amor. Embora vagamente, agora eu compreendia.

Bonus Track

The ID – Moloko
Letter From an Ocupant – The New Pornographers
Then I Kiss Her – The Beach Boys
Spell – Marie Digby
Gabriel – Lamb
Touch Pas – Vive La Fête
Butterfly on a wheel – The Mission
Don't Give on Me – Solomon Burke
Sh-boom – Crew Cuts
Everytime we say goodbye – John Coltrane Quintet
(Se você for chique e classudo.)
Everytime we say goodbye – Simple Red
(Sim, também acho brega. Mas escute essa versão.)
Wish You Were Here – Incubus
Queda-livre – Cascadura

K

Este livro foi composto com a fonte Caslon Pro e Garamond, pela Devir Livraria Ltda. e impresso pela Prol Editora e Gráfica, capa em papel Couche Fosco 150g/m², miolo em papel Chamois 90g/m², na cidade de São Paulo, em outubro de 2011.